少年陰陽師
しょうねん おんみょうじ

少年陰陽師 叁拾柒

落櫻之禱

ひらめく欠片に希え

結城光流—著　涂愫芸—譯

重要人物介紹

藤原彰子

左大臣藤原道長家的大千金，擁有強大的靈力。現在改名叫藤花。

小怪

昌浩的最好搭檔，長相可愛，嘴巴卻很毒，態度也很高傲，面臨危機時便會展露出神將本色。

安倍昌浩

十七歲的半吊子陰陽師。父親是安倍吉昌，母親是露樹。最討厭的話是「那個晴明的孫子?!」

六合

十二神將之一的木將，個性沉默寡言。

紅蓮

十二神將的火將騰蛇，化身成小怪跟著昌浩。

爺爺(安倍晴明)

大陰陽師。會用離魂術回到二十多歲的模樣。

朱雀
十二神將之一，是天一的戀人。

天一
十二神將之一，暱稱是「天貴」。

勾陣
十二神將之一，通天力量僅次於紅蓮。

太陰
十二神將之一的風將，個性和嘴巴都很好強。

玄武
十二神將之一，乍看是個冷靜、沉著的水將。

青龍
十二神將之一，從以前就敵視紅蓮。

夕霧

效忠神祓眾首領家族的現影，隨侍在小野螢的身旁。

小野螢

播磨神祓眾的陰陽師。晴明之父益材為昌浩決定的未婚妻。

章子

彰子同父異母的姊妹，她做為彰子的替身，成為了中宮。

脩子

內親王，因神詔滯留伊勢。

安倍昌親

昌浩的二哥，是陰陽寮的天文生。

安倍成親

昌浩的大哥，是曆博士。

◊　◊　◊

風颼颼吹起。

數千、數萬的花朵，在黑夜中震顫起來，同時開始凋謝。

櫻花綻放。

多到數不清的樹木，全都是櫻花樹。

樹木分明是櫻花樹、花朵分明是櫻花。

飄舞凋落的花瓣，顏色卻不一樣。

大家熟悉的是，如同一小點的紅色落在白底上的淡粉紅色花朵。

然而，周遭一整片的樹木，數不清的樹枝上，滿滿綻放的燦爛花朵，卻都不是熟悉的顏色。

樹幹的形狀、樹皮、樹枝的模樣，都是櫻花樹，只有顏色不對。

在沒有光線的黑暗中，看似微微發亮的花瓣顏色是淡紫色。

接著，強烈的風勢呼嘯而過，颳起飄舞的花瓣，使樹木顫抖、樹枝搖曳。

「不……！」

有人大叫。

淒厲的攻擊沒有間斷，彷彿在嘲笑那刺耳的叫聲。

啊，有人大叫一聲。有人抓住他的肩膀。有人跑出來擋在前面。

櫻花飛舞。

響起風切聲的白刃，光亮奪目。

升起的深紅火焰，撞上迎面而來的攻擊，產生爆裂。

衝擊力席捲而來。

櫻花飛舞。

「……！」

叫聲、怒吼聲震耳欲聾。大地轟隆一聲震動起來，絢麗綻放的櫻花宛如充滿了怒氣。

斜坡下陷，塵土飛揚。揮舞的刀刃放出鬥氣，劈向粗大的樹幹，巨樹劈里啪啦應聲裂開。

漫天飛舞的花瓣，瘋狂地捲起漩渦，被橫掃而來的衝擊颳走。

響起美妙的清澄聲音，與現場氣氛全然不搭調。

那是小鈴鐺的樂聲。

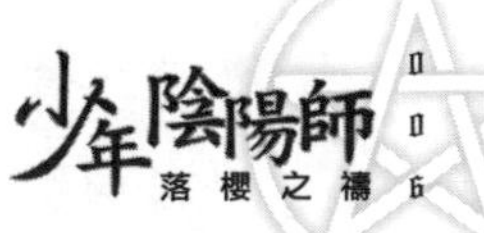

狂風颯颯，吹起淡紫色的花。

展開的視野前，聳立著分外燦爛奪目的櫻花巨樹。

敵人站在樹的根部。

心臟撲通撲通狂跳。

「——！」

層層交疊的怒吼，被風吞噬，什麼都聽不見了。

心臟又撲通撲通狂跳。

忽然響起說話聲。

「——你將會喪命。」

在飛舞的花瓣前嗤笑的那張臉，令人無法撇開視線。

「你將會喪命，死於所愛的人之手。」

有人在吶喊；所有人都在吶喊。

「而你所愛的人。」

櫻花飛舞。

「也將會喪命，死於你之手——」

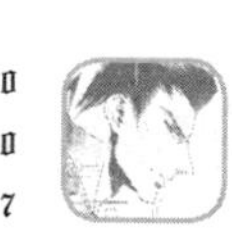

◇　◇　◇

預言一定會應驗。

1

「不要走這條路吧……」

妹妹害怕地停下來，哥哥轉過身去，強裝出勇敢的樣子面對她。

「妳在說什麼啊，妳也知道這條是近路吧？」

「我知道……可是我好怕……」

太陽已經下山，周遭都暗了。目前還勉強看得見腳下的路，但再過一會兒，整個世界就會被伸手不見五指的黑暗覆蓋。

他們想在下雪前，出來撿最後一次果實，卻沒有撿到預期中的數量，就卯起來往山裡面走。察覺太陽開始西沉，急著想下山時，已經太遲了。

白天的視覺與傍晚不一樣。他們沿著自以為正確的路往前走，路卻越走越狹窄，發現走錯時，已經找不到回頭的方向了。

村落與山之間的距離很短，他們卻不知道為什麼找不到回家的路。

小男孩安撫害怕哭泣的妹妹，牽起她的手，絞盡腦汁思考。

會不會是遇到「神隱①」了？

小男孩想起離開村落時，活字典爺爺說的話。

爺爺說現在的時節，經常有人迷路走進狹縫裡，千萬要小心。

不久前才剛過冬至，現在的時節最容易發生詭異的事件。

就在他們繞來繞去時，黑夜徹底來臨。現在已經過了黃昏時刻，是黑暗的世界了。

妹妹哭得抽抽搭搭，開始吵鬧，說她已經走不動了。小男孩自己的腳也很痛，好想蹲下來大哭。

但為了妹妹，他還是忍住了。

「……」

忽然聽見大人的聲音，可能是有人擔心，來找他們了。

「那邊。」

小男孩揹起蹲在地上的妹妹，奮力往前走。

感覺是走在斜坡上，他想一定是回到原來的路上了。

「……」

又聽見了聲音，是男人的聲音。

不知道為什麼，是沒聽過的聲音，但應該是村裡的哪個人。

「……這……邊……」

嘎沙嘎沙撥開枯草往前走的小男孩，突然停下了腳步。

越走越進入深山，到處都看不到路。地面散落著許許多多的枯草與樹枝，一片矮木前，有棵特別高大的樹。

約莫有六丈高的樹，葉子幾乎掉光了，好像無數隻手高高舉向了天空。比十個人圍成一圈還要粗的樹幹，從中間位置分岔出無數根的樹枝。聳立在黑暗中的樹影，看起來像恐怖陰森的怪物。

「……來……這……邊……」

又響起了說話聲，來自那棵分岔出無數根樹枝的大樹枝幹裡面。

不對，應該是來自一塊東西，那塊東西懸掛在從枝幹橫伸出去的有些彎曲的粗大樹枝上。

小男孩屏住氣息，視線與那塊東西交會了。

「過來……這……邊……」

呼喚著兩個人的東西，是垂掛在樹枝上的馬頭。

小孩子們嚇得全身僵硬，馬頭對著他們獰笑。

「過來……這邊。」

被召喚的小男孩，揹著妹妹，搖搖晃晃向前走。

來到樹下的孩子們，看到馬頭齜牙咧嘴，嚇得想叫也叫不出了。

小男孩只是愣愣地想起，因博學多聞而被稱為活字典的爺爺說過的話。

——山裡有時候會出現馬頭，垂掛在榎樹的樹枝上，要小心喔。

那是妖怪。有榎樹樹枝、有馬頭，是妖怪沒錯。

「不准傷害孩子們，垂掛妖。」

低沉渾厚、響亮、強悍的聲音，劃破了緊張的空氣。

倒掛的馬頭——垂掛妖，猛然張開了眼睛。滴著口水大大張開的嘴巴，撲向小男孩背上的女孩，要咬下她的頭。

「禁！」

小孩子們與馬頭之間，出現了金色的五芒星，阻攔了妖怪。

那個大人衝過來，把呆呆看著這一幕的小孩子們同時抱起來。

「危險，待在這裡。」

叫不出聲來，也沒辦法眨眼的孩子們，被帶到樹叢附近避難。

擋在他們與榎樹巨木之間的大人，長得很高，但仔細看會發現，他的年紀沒有父親或村裡的大人那麼大。他不是村裡的人，是第一次見到的外來的人。

他身上的狩衣、狩褲，到處都磨破了，又爛又舊。草鞋看起來也穿了很久，頭髮紮在脖子後面。雖是不認識的人，但跟父親一樣寬廣的背影，卻讓小孩子們莫名地感到安心。

倒掛的馬頭吠叫起來。

「不要阻撓我！你是什麼人？」

「我是陰陽師。」

回答的陰陽師用右手結起刀印。

眼睛佈滿血絲的馬頭大叫：

「你是神祕眾——？」

「不太一樣。」

「什麼?!」

「我是神祕眾的食客。」

馬頭嚇得直打哆嗦，嘟嘟囔囔地說：

「難道是……」

有個半人半妖的大陰陽師安倍晴明，雖然住在遙遠的京城，名聲卻轟動妖怪世界。

聽說傳承他的血脈的人，正寄宿在神祕眾的鄉里。

「你就是那個安倍晴明的孫子?!」

「不要叫我孫子。」

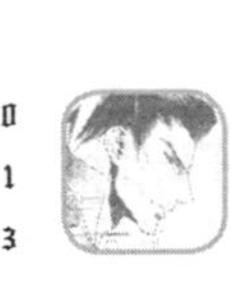

用不悅的口吻頂回去的陰陽師，很快以刀印畫出四縱五橫網。

「縛鬼伏邪，百鬼消除。」

馬頭被金色的四縱五橫網困住，發出慘叫聲。

「急急如律令！」

結印的同時，冷靜沉穩的聲音也宣佈法術完成了。

金色的四縱五橫印，無聲無息地消失在黑暗中。

陰陽師轉身面向呆呆看著這一切的孩子們，笑著說：

「你們都沒事，太好了，回鄉里吧。」

好幾個男人聚集在鄉里的入口處，燃燒著篝火。

他們臉色蒼白、沉默不語。其中一人忽然張大眼睛，指著山的那一邊。

「你們看……！」

騷動起來的男人們，清楚看到有個人背上揹著小女孩、手上牽著小男孩。

在篝火中發現父親身影的小女孩，忘形地揮起手來。她跳下來，跟哥哥一起跑向了父親。昌浩望著他們的背影，鬆了一口氣。

「辛苦了。」

來自頭頂上的聲音，吸引了昌浩的視線。他抬起頭，看到坐在樹枝上的白色怪物和十二神將勾陣。

「我回來啦。」

昌浩對他們揮揮手。小怪在他旁邊翩然降落，再跳到同時著地的勾陣的肩膀上，甩了一下尾巴。

「花的時間比我想像中長呢。」

坐在勾陣肩上的小怪，眼睛稍微往斜上方看。現在的昌浩，視線高度比勾陣和小怪高出了一些。

「他們差點被神隱，垂掛妖乘機魅惑他們，所以我花了很大的工夫才找到他們。」

「是嗎？」勾陣這麼回應，視線滑向了其他地方。

有個年輕人，從為了讓孩子們平安回來而點燃的篝火那邊走過來。

披在年輕人背上的長髮，被橙色火光照亮，晚上也看得出來是白色。他看著昌浩的雙眼，是血般的紅色。

他比昌浩大四歲，是神祓眾的年輕人夕霧。

「很高興看到你平安回來。」

「你嘴巴這麼說……表情卻完全相反。」昌浩拉下臉說。

夕霧淡淡地回應他：

「知道就好，回菅生鄉啦。」

「咦，可是……」昌浩有點在意村裡的人。

夕霧轉過身去，扭頭往後對他說：

「我向郡司和里長報備過，辦完事就回去。」

昌浩望著他快步離去的背影，低聲埋怨說：

「慰勞我幾句也不會死吧……」

小怪和勾陣聽到這句話，忍不住想笑。

「我們不是慰勞過你了嗎？」

「昌浩，夕霧不可能做那種事。」

「我知道啦。」

昌浩深深嘆口氣，又轉身望向篝火。

孩子們和那個父親，對他深深一鞠躬致謝。小女孩滿面笑容，用力揮著手。也揮手回應她的昌浩，突然覺得背後有道銳利的視線，慌忙往後看，原來是紅色雙眸在催他快走。

昌浩與小怪們縮縮肩膀，快跑追上了夕霧。

播磨國赤穗郡的菅生鄉，是個有山川環繞的好地方，住著被稱為神祓眾的播磨陰陽師們。

赤穗郡郊外的某座村落，最近頻頻發生神隱事件。郡司是在三天前接到通報。治理赤穗郡的郡司，很重視這件事，命令從京城調派來赤穗郡衙門的陰陽師及神祓眾，盡快解決這件事。

從京城調派來的陰陽師，指的是昌浩。

昌浩是隸屬於皇宮陰陽寮的陰陽生。但因為個人的想法，留在播磨菅生鄉過著修行的生活，希望可以精進做為陰陽師的力量。

這樣的他，為什麼會變成被調派到赤穗郡衙門的身分呢？這是陰陽寮的首長陰陽頭的特別安排，還動用了左大臣與皇上的力量。

連夜趕路，在天未亮時趕回菅生鄉的昌浩等人，只稍微睡了一下。

不管任何狀況，能睡的時候就要盡量睡，這是很重要的事。不過，只睡一下，還是很睏。

昌浩強忍著呵欠，走出寄宿的草庵，打井水洗臉。

現在是冬天。再不到一個月，就是迎接新年的年底了。在回來的路上看到的月亮，

已經稍微超出了上弦月的形狀。

還不到下雪的時候。聽說更深山內的菅生祕密村落，也還沒下雪。

他忽然發現，種在草庵門口旁的小樹，沒有半點生氣。是因為雨下得太少，水分不夠嗎？他記得這棵樹是柊樹。

他用井水澆柊樹，對著樹枝說：「要振作起來喔。」這時候，一個小小的身影跑向了他。

「叔叔。」

昌浩苦笑起來，心想小朋友起得真早呢。

「早，時遠。」

「早安。」

時遠很有禮貌地行個禮，就抱住了昌浩的腳。

「叔叔把妖怪打敗了嗎？」

目光閃閃發亮的時遠三歲了。他出生於兩年前的夏天，是神祓眾首領小野家的嫡長子，也是下屆首領。

抱起時遠的昌浩，看到跟在小朋友後面的女孩，對她笑笑說：

「早啊，螢，妳一大早就很辛苦呢。」

「你該感謝我，在天亮前，是我拉住了他。天還沒亮他就醒了，一直吵著要來跟你說話。」

「謝啦……」

昌浩由衷感謝。

螢是神祓眾首領家族的人。她是時遠的姑姑，擁有在神祓眾的首領家族中也是數一數二的強勁靈力。曾經被強力推舉為神祓眾的下屆首領，但她沒答應，現在是前繼承人——已經去世的哥哥——的遺孤時遠的監護人。

與昌浩同年齡的螢，外表從十五歲開始就幾乎沒有改變。在法術的控制下，她的成長緩慢得驚人。

這是為了盡可能延長她剩下不多的壽命，神祓眾所做的痛苦抉擇。

現在還不是很明顯，但隨著一年、一年過去，她彷彿時間停止般的外表，就會與昌浩的外表產生很大的差距。

昌浩借住的草庵，在小野家宅院的用地內。他不肯住小野家替他準備的房間，只借用了這間小草庵。

除了三餐會麻煩小野家的人之外，他展現其他事都要盡可能自己做的魄力，但現況是還沒有值得一提的成果。

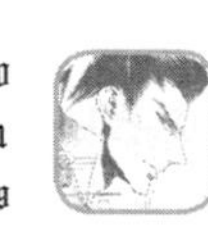

因為他每天都在修行，根本沒有餘力做家事。

那麼，誰來幫他整理生活環境呢？那就是時間太多，閒閒沒事做的小怪和勾陣。

昌浩本來就沒有整理房間的天賦。他在安倍家的房間，到處散落著書和道具，看起來熱鬧非凡。有時他心血來潮大掃除，就會維持一段時間的整潔。但只要有什麼事發生，馬上就亂成一團了。那時，小怪只是隨手幫他把書靠到一旁，但來這裡後，整理成了它每天必做的工作。唯一值得欣慰的是，不只它一個，還有個有閒暇的同袍一起致力於清理整頓。

「昌浩，洗完臉就把木板打開，通通風……啊，螢、時遠，好早啊。」小怪用兩隻腳走出草庵。

在昌浩臂彎裡的時遠，一看到小怪，眼睛就亮了起來。

「小怪，早。」

「不要叫我小怪。」

臭著臉回應三歲小孩的怪物，約莫大型貓或小型狗的大小，全身覆蓋著白毛。長長的耳朵和尾巴垂在後面，四肢前端各有五根爪子。脖子周圍有好幾個像是「長尾巴勾玉」的突起，額頭上有花朵般的紅色圖騰。大大的眼睛是紅色的，像極了融化後的夕陽。

「要跟你說幾次，你才會記得啊？又不是昌浩，該記住啦。」

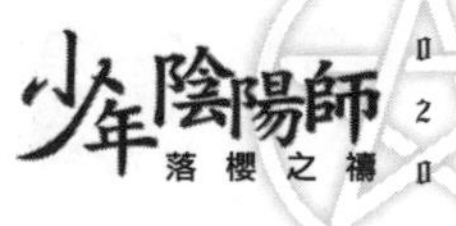

小怪靠後腳直立，諄諄教誨，卻發現小孩子都沒在聽。它浮現說什麼也沒用的虛無感與疲勞感交織的複雜心情，半瞇起眼睛，嘆了一口氣。

嘻嘻竊笑的聲音傳入耳裡。

小怪細瞇著眼睛，移動視線，看到勾陣坐在草庵的屋頂上笑著。

她輕盈地跳下來，抱起了小怪，小怪順勢爬到她肩上。

小怪和勾陣對於做瑣碎雜事之類的打雜工作，看起來甘之如飴，但事實其實並不是這樣。

他們位居眾神之末，是跟隨安倍晴明的十二神將。身為安倍晴明的式神，卻因為某些因素，現在跟著晴明的孫子昌浩。保護昌浩才是他們的任務，但他們很久沒有做這件事了。

不是這樣的任務完全解除了，而是因為待在菅生鄉，昌浩沒有與敵人對峙而喪命的危險。

昌浩是在這個鄉里修行，鍛鍊陰陽師的力量，所以有他在這裡的老師。神將們若把那位老師晾在一旁，插手管昌浩的事，那就是僭越的行為。再說，昌浩在修行中遇到的危險，也都是跟修行相關的事，不但神祓眾交代他們不要干涉，昌浩也嚴令他們不准出手。

神將們在這裡的工作，就是早上送昌浩出門、打掃草庵、完成其他必要的雜務。然

後，在昌浩拖著疲憊的身軀回來之前，沒任何事可做。

茫然消磨時間也不是辦法，神將們不得不思考這件事。既然昌浩在修行，他們是不是也該有什麼對等的收穫呢？

那之後，小怪和勾陣送走昌浩，就在草庵屋簷下的地面畫陣型圖，假想敵人，擬定如何有效地徹底擊潰對方的戰略，彼此討論假如遇上曾經苦戰過的大妖，最好採取什麼樣的戰法？又該如何克服各自的弱點，發揮最大的優點殲滅敵人？思考這些事來打發時間，頗像鬥將的風格。

螢想他們應該很閒，去看他們在做什麼。她說他們明明是因為太閒，才有效益地打發時間，幹嘛不老實說呢。

小怪與勾陣的戰鬥論談源源不絕，有時螢也會加入討論，以陰陽師的不同觀點來策劃新的謀略。有時神祓眾也會拿去用，因此神將們消磨時間的方式，得到的成果遠超出他們想像之外。

他們還經常被迫看顧時遠。時遠是個大膽的孩子，小怪靠近他，他也可以睡得很熟，動都不動一下。小怪原本以為，是自己以怪物的模樣出現，所以他沒有反應，某天才知道並不是那樣而感到大為驚訝。

「小怪、小怪，跟我玩。」

時遠把手伸過來，小怪就背對他，不停甩動白色尾巴。時遠忙著抓東甩西甩的尾巴，興奮得大叫。昌浩瞇起眼睛，抱著這樣的時遠。

昌浩有兩個侄子、兩個姪女。雖然有書信往來，但很久沒見了。不知道他們好不好？在他的記憶中，孩子們的臉都是最後一次見到的模樣。那之後經過三年了，他們應該都長大很多了。

昌浩長高了，骨骼也越來越接近大人了。

沒有過了這麼多年的真實感，是因為他整天忙著修行，所以幾乎沒有修行之外的記憶。

小怪的尾巴被時遠抓到了。它是故意的，小孩開心極了。

昌浩不禁感嘆，小怪真的很會逗小孩呢。

也不知道從哪學來的，時遠剛出生時，小怪就比昌浩更會照顧小孩，小野家的人也很驚訝。

某天，冥官沒事來晃一下，正好被勾陣撞見，害得菅生鄉差點發生大慘案。小怪也現出了原形，昌浩因此見到了好久不見的紅蓮。那天真的很危險。在菅生鄉，那件事成了茶餘飯後的話題。

回想起來，在菅生鄉，只有那次見過一次紅蓮，還滿想念的。由此可見，在菅生鄉

的日子有多安穩。

不過，昌浩在修行中，好幾次都差點沒命。

因為夕霧從來不留情。

昌浩從三歲到十三歲的十年間，由於某些因素，靈視能力被封鎖了。要用不到三年的時間，填補十年的空白，修行必然是無法想像的嚴苛。做同樣的訓練，夕霧都表現得輕鬆自如，所以昌浩也絕不示弱喊苦。其實他是覺得，看起來若無其事的樣子才奇怪。

昌浩以為，這世上像怪物的人只有祖父，沒想到夕霧在某方面也很像。

在播磨，他深深覺得這世界太遼闊了。

這世上一定還有很多自己不知道的事。

小怪的陰陽講座

①在日本古代，認為小孩突然失蹤，都是被天狗或神藏起來了。

2

昌浩一如往常外出修行了。做完雜務的小怪，面色沉重地坐在門口的柊樹前。

「嗯……？」

小怪眉頭深鎖低吟著。

勾陣訝異地問：

「怎麼了？騰蛇。」

「我不理解為什麼快枯了。」

「啊？」

勾陣在小怪旁邊蹲下來，盯著柊樹看。

「因為雨下得太少吧？」

「所以我每天澆水啊，都白澆了嗎？」

「會不會澆太多了？」

「我知道該澆多少啦。」小怪甩甩耳朵，瞇起了眼睛。「我記得昨天還好好的啊……」

勾陣可以理解小怪話中的隱憂。

它在意的不是枯萎這件事。它在意的是，種來驅邪除魔的柊樹，竟然在一天之內枯萎了。

昌浩平常看都不看這棵樹一眼，今天卻特別澆了水，可見他也從這棵樹察覺到了什麼。

兩人盯著柊樹好一會兒，忽然眨眨眼，同時抬頭仰望天空。

在東邊方位，帶點灰濛的淡藍色天空中，冒出一個黑點。

那個黑點逐漸擴大，黑色翅膀在空中拍打的模樣越來越清楚。

是天狗。

勾陣站起來，小怪跳到她肩上。

天狗看到他們，笑得好燦爛，儘管臉被面具遮住一半，還是看得出霎時亮了起來。

「變形怪大人、勾陣大人。」

菅生鄉有阻絕妖魔鬼怪的結界，但獲得許可的妖魔可以進來。

這個天狗是昌浩和神將們的好朋友。

小怪瞇起眼睛，看著降落在草庵前的天狗說：

「好久不見了，颯峰。」

「變形怪大人、勾陣大人，你們看起來氣色不錯喔，昌浩呢……」天狗東張西望後，拍拍額頭說：「哎啊，這個時間他去修行了吧？要到傍晚才會回來，我應該再早點來。」

這個天狗住在京城西邊的愛宕山深處的異境之鄉，是個道地的魔怪。因為某些機緣，與昌浩扯上關係，從此成了好朋友。

「他的哥哥成親大人，託我帶信來……變形怪大人，不好意思，可以幫我轉交給昌浩嗎？」

信上寫的收件人名字，確實是很眼熟的筆跡。颯峰也認識成親，由於這層關係，有時會給昌浩送來家人寫的信。

不過，天狗快遞只有在緊急的時候才會使用，平常都是把信交給使者，花很長的時間送到。除了天狗快遞外，偶爾也會使用烏鴉快遞。

小怪和勾陣把他們分別稱為「送信天狗」與「送信烏鴉」。

颯峰是天狗，壽命很長，所以外表跟剛認識時幾乎沒有差別。以前，颯峰跟昌浩看起來差不多年紀。

颯峰還是沒變，昌浩卻有了顯著的成長。魔怪與人類之間的差異，以有形的方式呈現出來了。

「會請你送信……是發生了什麼事嗎？」

接過信件的勾陣，表情摻雜著些許憂慮。

天狗搖搖頭，回她說：

「很遺憾，我也不清楚……」

愛宕的天狗們，被昌浩和成親救過。功勞最大的是昌浩，但天狗們也很感激成親，說必要時他們會全力協助。臨走前，他們留下了魔怪製作的橫笛，只要吹橫笛，樂聲就能傳到愛宕鄉。

起初，他們要昌浩收下橫笛，昌浩卻臭著臉堅決不收，搞到最後由成親收下。當時，小怪知道昌浩堅決不收的原因，還強忍住笑，裝出很正經的樣子。

「那麼，幫我向昌浩問好。」

「你要走了？」

小怪張大眼睛，看著就要轉身離開的颯峰。

天狗戴著面具的臉露出了笑容。

「很久沒見到昌浩，我也很想見他，可是疾風少爺在愛宕鄉等我。」

「這樣啊。」小怪點點頭、甩甩耳朵說：「愛宕天狗們都還好吧？」

「大家都很好，總領大人、疾風少爺也都很健康。啊，對了，不久前，疾風少爺可以變成人類的模樣了，只是時間還維持不長。」

感覺他在遮住臉上半部的面具下，笑瞇了眼。疾風的成長，想必讓他滿心喜悅吧。

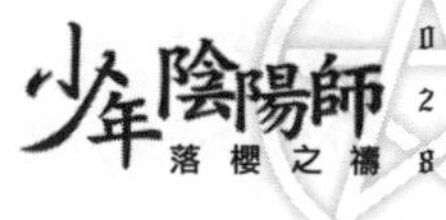

他戴的面具，是疾風的另一個護衛的遺物。神將們心想，颯峰現在也跟那個已故的同袍一起守護著疾風吧？

「健康就好，我會轉告昌浩。」

「嗯，再見囉。」

天狗拍振翅膀飛上了天空。目送他離開的小怪，瞥一眼勾陣手上的信，骨碌轉個身說：

「我去問問看有沒有什麼消息。」

「等等，我也去。」

勾陣把信放在草庵，跟小怪一起走向小野家的住處。

昌浩結束當天的修行，搖搖晃晃走回草庵時，已經是戌時，天都黑了。

坐在木地板房間的小怪，半瞇起眼睛，看著一進門就倒在泥地玄關的昌浩。

「喂，你還好吧？」

「……肚子好餓。」

小怪甩甩尾巴。搞半天，不是累到筋疲力盡倒地，而是餓到不能動了。害它嚇了一跳，以為昌浩受傷了。不過，它沒說出口。

「振作點嘛，晴明的孫子。」

「不要叫我孫子——」

語調絲毫沒有霸氣。

昌浩慢慢爬起來，爬進高出泥地玄關的木地板房間，一翻身躺成個大字形。

「肚子好餓，可是現在吃東西，說不定會吐，今天好累……」

昌浩閉著眼睛，嘀嘀咕咕說了一長串。

「是喔、是喔。」

「我還以為自己變強了一點，我太天真了，根本是自以為是。夕霧還是一樣毫不留情，不過，他手下留情的話，就不能稱為修行了。」

陰陽師不只要有靈力和靈術，還要有強健的體魄，所以昌浩向夕霧學習自古以來的武術，但這個武術很危險。

那是封鎖敵人的動作，讓敵人斃命的技法，所以教的人和學的人都是抱著必死的決心。

正式修行前，武術高強的螢對他說過這樣的話。

——總之，你只要告訴自己「我可不想死」，就能熬得過去，加油啦。

聽到她這麼說，昌浩大吃一驚。

我可不想死是什麼意思？

喂，妳是在開玩笑吧？當下，他還不由得這樣反問。

「什麼跟什麼嘛，夕霧怎麼會強成那樣呢？我真的可以變得那麼強嗎？不，我一定要變成那麼強，雖然還遙遙無期。」

「是喔、是喔，對了，昌浩……」

「唉，好想對以前的自己說，不要覺得困難就逃避嘛。害我現在長大了，要過得這麼辛苦。早點有這種衝勁，說不定就不會累成這樣了……」

對過去的自己發牢騷的昌浩，這時才張開眼睛望向小怪。不過還是躺成大字形，只轉動了脖子。

「白天颯峰送成親的信來了。」

昌浩眨了眨眼睛說：

「颯峰嗎？」

勾陣把信交給吃力地爬起來的昌浩。

「謝謝……真的呢，是哥哥寫來的。」

昌浩邊打開信，邊歪著頭說：

「為什麼要拜託颯峰送來呢？」

是不是發生了什麼事？

小怪舉起一隻前腳，對臉色黯淡的昌浩說：

「神祓眾並沒有收到什麼重大的訊息。」

「是這樣嗎？」

派去京城的眼線，還是跟平常一樣傳消息回來，但沒什麼緊急事件。

聽說來了天狗快遞，螢也很驚訝。她拜託小怪，如果有什麼他們沒打探到的消息，一定要告訴她。

「因為這幾年發生太多事了……」

表情變得有點嚴肅的昌浩喃喃說著，小怪和勾陣也同意他的話。

神祓眾居住的菅生鄉比較太平，但由國家整體來看，發生了不少大事。

兩年前的冬天，國母藤原詮子過世了。聽說她的身體狀況一直不好，只撐到年底就走了。

當今皇上很早就失去了父親。前幾年，他最愛的皇后定子也先他而去，令他傷心欲絕。

去年，懷著皇上孩子的御匣殿②也辭世了。

御匣殿是皇后定子的妹妹，原本是在貞觀殿擔任別當的女官。定子生前託付過她，萬一自己有什麼三長兩短，孩子們就拜託她了。

定子死後，敦康和媄子便交由御匣殿撫養。皇上總是在她身上尋找已故定子的身影，對她十分寵愛，她因此有了身孕。然而，這個孩子還沒生下來，就跟母親一起長眠了。皇上同時失去了所愛的女人和孩子。

親人在這兩年內陸續長逝的皇上，經常臥病在床。

還不只這樣。前年，京城發生了流行性傳染病，從去年夏天到冬天還發生了全國性乾旱，使得稻米和青菜都歉收。

今年的雨下得比去年多，但還是比往年少，傳染病也還沒徹底清除。

聽說三不五時就會舉辦祈雨儀式、鎮壓傳染病儀式。

每次聽說這些事，昌浩就會後悔沒待在京城。不過，他也知道，自己待在那裡也幾乎幫不上什麼忙。

多他一個人，也不會起什麼變化，這是不容否認的事實。

他決定在播磨從頭開始修行，就是為了讓自己變成有用的人。

每次心情急躁起來，他就會想到這個宗旨，專心投入修行。

知道昌浩這個想法的神將和神祓眾們，都默默支持著他。

看完成親寫來的信，昌浩微微張大眼睛，啞然失言。

「……」

小怪和勾陣看到他眉頭深鎖的皺紋，兩人互看了一眼。

到底發生了什麼事？

半晌說不出話來的昌浩，把信拿給小怪他們看。

信上寫的內容，十分簡潔。

——發生了大事，盡快趕回來。

「這……」

眨著眼睛的勾陣，聽到昌浩低聲嘀咕著：

「就不能多做點說明，讓我知道發生了什麼事、為什麼會發生嗎……？」

昌浩拉長了臉，眼神呆滯。

「大概是不能隨便寫在信上的事吧？」

聽到小怪這麼說，昌浩的臉拉得更長了，瞇起眼睛說：

「就算是，只寫這樣也太過分了。」

什麼都沒寫，反而更教人擔心。是發生了什麼事嗎？到底是什麼事？是家人嗎？是朋友嗎？還是發生在皇宮？或是皇上的血脈出了什麼事？

成親明明知道昌浩看到信會擔心，卻還是只寫了這幾個字，可見事情相當嚴重。

昌浩焦躁地猛抓頭，嘆口氣說：

「明天我去找螢和夕霧商量。」

今天太晚了，昌浩自己的思緒也很混亂，沒有自信可以冷靜地說話。

他又嘆了一口氣，把信摺起來。

胃是空的，現在他卻只想睡覺。

他已經疲憊到超越極限。人疲憊時，比不疲憊時更容易往壞處想。

「先睡再說。」

「睡吧。」小怪點點頭。

昌浩把信擺在一邊，把脫下來的狩衣、狩褲揉成一團拋出去，鑽進榻榻米與大外褂之間，沒多久就發出了規律的打呼聲。勾陣把他亂丟的狩衣、狩褲，熟練地摺好。

小怪甩著尾巴。

開始在菅生鄉修行後，昌浩一直是這樣。每天都鍛鍊到筋疲力盡，回到草庵就躺下來呼呼大睡，一覺到天亮。

偶爾會像今天這樣沒吃晚餐，但大多會按時吃飯，所以身體算是健康。

露出大外褂的手掌，已經比勾陣的手掌大了。

小怪環視草庵。

勾陣注意到小怪的動作，歪著頭說：

「怎麼了？騰蛇。」

「沒什麼，只是想再看最後一次。」

這裡雖是暫時借住的地方，但畢竟是他們在播磨的生活場所，多少還是會有感情。

現在要離開了，難免有些捨不得。

昌浩翻個身，把大外褂踢飛出去。可能是覺得冷，身體縮成小小一團，卻還是沒醒來。

「啊、啊。」

小怪苦笑著，把大外褂拉到昌浩的肩上。

第二天早上，昌浩在吃早餐時，把成親來信的事告訴了螢。

她也很驚訝，認為既然這樣，昌浩應該回京城。

「我想總有一天會回去，但沒想過什麼時候回去。」

在草庵整理行李的昌浩這麼說，來看他的螢輕聲笑了起來。

「老說那種話，會永遠回不去喔。」

「這麼說，這次是個好機會囉？」

「就當作是這樣吧。」

看到螢的模樣，跟剛認識的時候沒什麼差別，昌浩就有點心痛。她消耗了太多生命，不採取某些措施，就只能再活幾年了。

雖然施行了停止時間的法術，但還是不夠。她擁有驚人的力量，但為了盡可能延長她的壽命，她被禁止使用靈力。

關於這件事，螢的現影夕霧也不能為她做什麼。現影可以代為承受法術的反彈，讓法術無效，卻不能把自己的生命分給主人。

不使用法術，就不會有法術的反彈。夕霧再也不用替螢承受法術的反彈了。諷刺的是，昌浩因此才能接受夕霧的嚴格訓練。

昌浩覺得自己還差很遠。不過，他「相信」這兩年的反覆訓練，應該會有成果。不對，或許應該說他「知道」會有成果。

「昌浩，要不要切磋一下？」

「咦，可是……」

昌浩擔心螢的身體，有點猶豫，螢輕輕一笑說：

「又不是使用靈力，放心吧。而且，別小看我，我還是有繼續練武，很強喔。」

螢的眼睛閃閃發亮，證明有什麼支撐著她的自信。

昌浩屏住呼吸，眨眨眼睛，站起來。

小怪和勾陣都興致勃勃地看著這場戲。

草庵的前方有片裸露的地面，還算寬敞，是小怪和勾陣平時探討戰鬥理論的地方。

昌浩和螢走到那裡，彼此先熱身後，不約而同擺出了架式。兩人的表情都很嚴肅，氣氛緊繃。

為了不妨礙他們兩人，神將們飛上屋頂，默默俯瞰著陰陽師們的切磋。昌浩平時都跟夕霧或其他練家子在山的那邊鍛鍊，所以這是第一次在小怪和勾陣面前展露武術。

還殘留在盆栽樹木上的枯葉，迎風飄搖，發出嘎沙的微弱聲響。兩人彷彿以這個聲音為信號，同時動了起來。

接近午時的時候，夕霧來草庵拜訪，看到坐在屋簷前的昌浩，還有臉色蒼白地躺在外廊上的螢，瞪大了眼睛。

「螢?!」

大驚失色的夕霧抱起螢，用殺氣騰騰的眼光瞪著昌浩。

從上面傳來聲音說：

「等等，不要誤會，夕霧。」

小怪跳下來，站在昌浩前面。

「他們只是在切磋，請不要殺氣騰騰地看著昌浩。」

夕霧無言地望向螢。

螢微笑著點點頭，撥開夕霧的手，喘口氣說：

「我想知道昌浩變多強了，他只是毫不留情地跟我比劃了一下，不用擔心。」

「可是……」

夕霧擔心螢的身體，板起了臉。

螢苦笑著搖搖頭說：

「如果他有所顧慮，我就把他打到趴了，我最討厭那樣。」

昌浩立刻抬起頭，兩眼發直地瞪著螢。

「可別告訴我妳剛才留了一手。」

「我是啊。」

「妳騙我……」

昌浩低聲嘟囔，螢嘻嘻笑著說：

「真的嘛，要不是我留一手，你現在就躺在那裡啦。」

雖然沒躺在那裡，但也癱坐下來了，結果差不了多少。

曾經被視為神祓眾下屆首領的螢，不必使用靈術，力量就很驚人了。昌浩使出了渾身解數，卻還是不得不承認，自己不如從懂事以來便鍛鍊至今的螢。

「妳何止很強啊。」

原本以為說不定可以贏她一回合，這個卑微的期待卻瞬間瓦解了。三年不到，果然

只能練到這種程度。這樣回京城，真的沒問題嗎？

昌浩面色沉重，低聲嘟囔。螢眯著眼睛，對他說：

「不過，你比我想像中進步很多啦。」

「哇，這句話更氣人。」

「哈哈哈。」

再不打斷他們，這樣的對話很可能持續下去，勾陣插嘴說：

「夕霧，你來是不是有什麼事？」

年輕人嘆口氣說：

「姥姥聽說昌浩要回京城，想請昌浩稍後去她那裡一趟。」

姥姥是長老之一，在菅生鄉是最長壽的陰陽師。老了以後，退出了第一線，但受到鄉裡所有人的敬重。

昌浩決定留在菅生鄉後，除了首領家人外，最先被介紹認識的就是姥姥。

大家都叫她姥姥，所以昌浩也跟著叫，現在才想到，還不知道她的名字。

昌浩按著膝蓋站起來說：

「不用稍後，我現在就去。」

「慢走喔。」

螢目送昌浩搖搖晃晃地離去後，用力喘了一口氣，臉色比剛才更差了。
「螢，回房間躺著休息吧。」
「我還沒累到那個地步……」螢的目光還追逐著消失在建築物另一邊的背影，佩服地說：「他居然在這麼短的時間內，進步了那麼多……」
她是留了一手。不這麼做，很可能演變成彼此殘殺。只要螢露出一點殺氣，昌浩就會對那股殺氣產生反應，改變行動。
夕霧毫不訝異地點點頭說：
「因為昌浩的希望就是變強。」
從一開始，昌浩就抱定了決心，若是在修行中喪命，只能怪自己不夠成熟。其實，不只夕霧，所有指導過昌浩的人，都暗自讚嘆他居然可以學到這樣，只是從來沒有跟他說過。
昌浩意外證實了一件事，那就是有所覺悟，下定決心，就能找到出路。
「接下來，只要十二神將們繼續在京城跟他練就行了。」
在螢的注視下，小怪和勾陣什麼都沒說，只是沉沉地笑著。意思大概是，只要昌浩願意，要怎麼練都行。
另一方面，昌浩已經到姥姥在菅生鄉深處的住家，敲響了門。
「姥姥，我是昌浩。」

「進來。」

昌浩打開木門往裡面瞧。弓著背，靠地爐的火取暖的老太太，笑容和藹地對他招著手。

滿心歡喜的昌浩走進屋裡。

昌浩沒有關於祖母的記憶。父親那邊的奶奶、母親那邊的外婆，都在昌浩出生前就過世了。所以，昌浩很喜歡這個跟他沒有血緣關係卻把他當成孫子般疼愛的老太太。

當然，全鄉人對她都是這樣的感情。所有人都對年紀最老的她畢恭畢敬，非常照顧她。

「過來這邊。」

昌浩聽她的話，走上木地板房間。剛才跟螢比劃，熱到出了很多汗。但來這裡的路上，身體都被寒風吹冷了。

木柴畢畢剝剝燃燒著，柔和的火好溫暖。

「聽說你要回京城了？」

「是的，我收到哥哥的來信，要我盡快趕回去。」

姥姥用深沉的眼神望著這麼回答的昌浩，忽然鄭重其事地說：

「有件事我必須告訴你。」

剛才表情慈祥和藹的老太太，態度忽然轉為嚴肅。

昌浩的心臟撲通狂跳起來。

◊  ◊

回到草庵，已經將近傍晚了。

搞到這麼晚，小怪有點擔心，正想去姥姥家接他，他就回來了。

「回來了啊，很晚呢，昌浩。」

「對不起，我去看螢怎麼樣，又陪時遠玩，就弄到這麼晚了。」

這麼道歉的昌浩，表情有點陰鬱，小怪詫異地問：

「怎麼了？姥姥跟你說了什麼？」

「嗯……她說樹木枯萎了。」

「樹木？」

昌浩的話讓小怪想起門口旁那棵柊樹。

「姥姥家的庭院也有各種樹木，她說她夢見除了柊樹外，其他樹木也開始枯萎了，可能是什麼徵兆。」

姥姥是個夢見師。她會做過去的夢，也會做未來的夢。未來的夢，很多都不能告訴他人，所以除非事態嚴重，否則她都不會說。

她說她叫昌浩來，是因為昌浩出現在她夢裡。

「她說不只柊樹，其他樹也在枯萎，如果我不採取行動，樹就會死去。」

樹與氣相連③。氣枯竭了，死亡就會擴散。昌浩出現在她的夢裡，表示他必須採取行動遏阻這件事。

「她說我回京城，也是一種徵兆。」

「好像是，不知道會發生什麼事。」

到處都有姥姥的眼線，替她查證夢中顯現的事。

「她說出雲的樹也到處都枯萎了。」

小怪眨了眨眼睛。昌浩知道它在想什麼，點點頭說：

「她說她跟九流的後裔接觸過，知道我們認識，有點驚訝。」

「不愧是神祓眾的長老。」

小怪由衷讚嘆。

他們跟出雲的九流族，有不淺的緣分。很希望哪天能再見個面，卻一直沒有機會。

根據眼線的報告，九流族的後裔都還健在，與出雲鄉的人偶有往來。

九流族答應，只要有什麼異狀，就會通知神祓眾。沒想到在這裡也能有交集，昌浩很開心。緣分是越多越好，總會在什麼時候連接上，這樣就不會孤獨了。

「我打算明天早上離開菅生鄉。」

「這樣啊。」小怪點點頭。

昌浩眨眨眼睛，歪著頭說：

「這是我獨自做的決定，你們無所謂嗎？」

「你決定就好，沒關係。」

昌浩注視著小怪好一會兒。不只小怪，倚靠柱子靜靜聽著他們說話的勾陣，在昌浩把視線轉向她時，也輕輕點了點頭。

大約三年前的春天，他決定留在播磨時，他們也說了同樣的話。他們說你決定就好。從今以後，他們大概也都會說同樣的話吧。即便是錯誤的選擇，只要是昌浩認為可行而做的決定，除非事關重大，他們都不會反對。

這麼做，不僅是因為尊重昌浩的意思，也表示昌浩漸漸不再是他們保護的對象了。昌浩不能再依賴神將們，必須做出能說服他們的決斷與行動。

如同率領十二神將的安倍晴明。

當然，昌浩自己與神將們都知道，不可能做到跟安倍晴明完全一樣。事實上，神將們的眼神也似乎在對他說：「你還差得遠呢。」

這個晚上，是他們在播磨的最後一夜。

草庵的打掃，平常都是交給小怪們。今晚昌浩自己打掃，亥時半才躺下來睡。在黑暗中，他似乎一直張著眼睛，思考著什麼。

小怪和勾陣都知道他還沒睡，但他沒說話，所以他們也什麼都沒說。

「……」

這些昌浩都知道，深深感受到他們的用心，於是把姥姥告訴他的事，悄悄塞進了心底深處。

◇　◇　◇

小怪的陰陽講座

②御匣殿是「御匣殿的別當」的簡稱，別當是在後宮掌管家政事務的女官的職稱。

③日文的「樹」與「氣」的發音相同。

3

◊ ◊ ◊

這兩年，接二連三發生了不吉利的事。

藤原敏次在陰陽寮的陰陽部，看著兩年份的紀錄，面色沉重地嘆息。

前年失火的寢宮，四年前也曾失火，才剛重建完，又燒毀了。

皇上帶著敦康親王與媄子內親王，搬到土御門，後來又移到一条院。

年末，國母東三条院詮子崩逝。接連兩年失去無法取代的親人，皇上悲傷過度，臥病在床的次數越來越多。

去年也是噩耗不斷。

受皇上寵愛而懷孕的御匣殿，在陰曆六月死去。陰曆八月，東宮妃也隨她而去，與世長辭了。

她們兩人都是定子皇后的妹妹。

所有人都覺得不吉利，但沒人敢在皇上面前提起這件事。

陰曆十一月，發生了月蝕。除了月神躲起來的天大事件外，還發生了重建的寢宮又被燒毀的異常事件。同時從溫明殿與綾綺殿燒起來的火，瞬間蔓延，造成神鏡被火舌吞噬的前所未聞的大事件。

與藤壺中宮一起逃出寢宮的皇上，聽完報告就昏過去了。

女官們受命搜索被燒毀的賢所④，發現神鏡被燒到只剩下一半，向搬遷到臨時皇居東三条殿的皇上報告了這件事。皇上說再怎麼向歷代皇帝道歉都道歉不完，心痛如絞，好幾天都躺在床上。

重建的寢宮，在皇上、中宮、親王們都回去後，還是飄蕩著沉鬱的空氣。

敏次闔上書，又發出沉重的嘆息聲。

連續發生這麼多次火災，顯然有蹊蹺。也有人說，可能是誰的陰謀。然而，他再怎麼想，都覺得不可能有人那麼大膽，敢燒毀皇家的至寶神鏡。

會不會是超越人類智慧的某種東西，在策劃什麼呢？這也是傳染病、乾旱等天災地變的原因吧？

那麼，皇家與這個國家，將面臨什麼樣的災難呢？

陰陽寮又該怎麼做，才能防止災難呢？

敏次走出陰陽部，想把書放回書庫。

來來往往的寮官們，各個都是嚴陣以待的樣子。最近，整個陰陽寮都籠罩著緊張的氣氛。

因為天災地變已經夠嚴重了，還要面對令人頭痛的事。

然而，敏次什麼也不能做。不，敏次有敏次的職責，只是關於這件事，他不知道自己能不能對陰陽寮有所貢獻，這股壓力壓得他沒有片刻喘息的時間。他知道自己再怎麼努力，也做不了什麼，那種無力感折磨著他。

敏次停在渡殿，抬頭仰望陰沉的天空，發出今天不知道第幾次的長嘆。

「心情好沉重……」

不經意映入眼簾的樹，似乎也反映著寮官們的心，失去生氣，快枯萎了。現在是花開的季節，卻連花蕾都沒長出來。

「山茶花樹也察覺不對，害怕了嗎……」

敏次覺得，看似蜷縮起來的山茶花樹，是反映了寮官們的心情。

他好想在事情結束之前，乾脆請凶日假，躲在家裡。

眺望庭院的敏次，發覺有人站在他附近，但他沒轉頭看，又嘆了一口氣。

「請問……」

有所顧忌的招呼聲，他從來沒聽過，但剎那間又覺得很像某個熟人的聲音。

如果是其他寮或省的官員，可不能失禮了。

敏次轉過身，要開口道歉，卻張大嘴巴愣住了。

聲音很陌生，面孔卻很熟悉，但模樣跟記憶中差很多，一時之間他還以為自己認錯人了。

對方看到轉過身來的敏次，鬆了一口氣，笑逐顏開地說：

「果然是你，敏次大人，好久不見了。」

敏次盯著對自己鞠躬行禮的人，下意識地指著他說：

「你……你是昌浩大人？」

「是的，我剛從播磨回來。」

神采奕奕的回應，的確是昌浩的語氣。

看到敏次張口結舌的模樣，昌浩歪著頭說：

「怎麼啦，我臉上有東西嗎？」

「不是我，是在下。」

敏次不覺脫口而出，昌浩露出「糟糕」的表情說：

「是，對不起，是我……很久沒被你訓誡了。」

道歉後，安倍昌浩啞然失笑，又重來一次說：

「好久不見，安倍昌浩回到陰陽寮了。」

敏次要去書庫還書，昌浩就跟他一起去了。
已經三年沒有跟敏次一起走在陰陽寮的走廊了。
昌浩覺得很懷念，瞇起眼睛四處張望。
敏次感慨良多地抬起頭說：
「感覺你真的……」
「怎麼樣？」
「你真的變了呢，昌浩大人。」
昌浩歪著頭說：
「是嗎？」
「是啊。」
敏次猛點著頭，把昌浩從頭到尾仔細看了一遍。
「沒想到身高會被你追過去。」
昌浩眨了幾下眼睛，啪一聲拍手說：
「啊，原來如此，我老覺得哪裡不對勁，原來是你變矮了。」
「不是我變矮，是你變高了。」
有些不悅的敏次，壓低了嗓音，兩眼發直。

昌浩慌忙道歉說：

「對不起，我措詞不當，是視線高度跟我記憶中不一樣。」

這麼說不是同樣的意思嗎？

看到敏次皺起眉頭的樣子，坐在昌浩肩上的小怪哈哈捧腹大笑，但敏次看不見它。

昌浩聽得見，所以小怪在他耳邊大笑，把他吵死了。

他不露聲色地把小怪從肩上拖下來，往旁邊扔。被扔出去的小怪，骨碌轉了幾圈，掉落在附近隱形的勾陣腳下。

《你現在對藤原敏次很客氣呢，騰蛇。》

含笑的聲音剛傳入小怪耳裡，勾陣纖瘦的身軀就跟著出現了。小怪聳聳肩，跳到她肩上。

「是啊，聽說那時候他竭盡全力幫了昌浩的忙。」

那起事件是發生在三年前。

昌浩因刺殺藤原公任的罪名，被判處死刑，敏次叫他逃走，等於是從背後推了他一把的推手。

那之後，儘管力量微薄，他還是盡他所能，費盡心思想為昌浩洗清罪名。

以前小怪討厭敏次，是因為他大大誤會昌浩而鄙視昌浩。現在他已經改變了對昌浩的觀感，小怪當然知道再給他不當的評價就太不講道理了。

「喲，你很清楚嘛。」

「勾，妳想說什麼就明說吧。」

「我不說，你就不知道我想說什麼嗎？」

「我就是知道才生氣啊。」

「那就不用我明說了吧？」

勾陣神情自若，小怪齜牙咧嘴地對她說：

「不要捨不得花那種力氣。」

「這不叫捨不得，是信賴。」

「哪裡信賴了？信賴啥？」

「喲，你沒感覺到我的誠意嗎？太遺憾了。」

「快說！」

昌浩往後瞥了一眼。

「他們聊得很開心呢……」

他喃喃說出了對神將們聊天的直接感想。

他真的這麼覺得，小怪的感覺卻完全不是這樣。

在菅生鄉時，昌浩過著從早到晚跟神祓眾鍛鍊的修行日子，即便住在一起，他也很

少跟小怪、勾陣交談。

回想起來，他完全不知道自己不在時，小怪和勾陣都在做什麼。

從播磨回到京城時，他卯足全力趕路，所以只花了五天的時間。他心無旁騖，一股勁兒往前走，神將們也默默跟著他。其實，小怪和勾陣真要跑起來，昌浩根本趕不上他們，他們只是配合身為人類的昌浩的速度。

昌浩再次感受到，不管何時，他們總是這樣理所當然地陪在自己身旁。

「聽說你在播磨，是被安插在郡衙門？」

敏次的話拉回了昌浩的思緒。

「對啊，在陰陽頭的安排下，進了郡衙門。」

「都在做什麼？」

昌浩想了一下說：

「讀曆書、看星星、預測天氣等等。」

對這些事都不擅長的昌浩，每次被交付工作時都很煩惱，只能厚著臉皮找螢或夕霧幫忙。但老向他們求救也很丟臉，所以他拋開不擅長的意識，積極面對，現在大多能讀、能看了。

忘了是什麼時候，他曾翻著曆書，感嘆地說：「原來只要肯做，我還是做得到呢。」

小怪嗆他說：「你老說不擅長，不肯做，現在只是報應到了。」

那是他待在播磨不算短的期間，與小怪之間的少數對話之一。

想到這裡，昌浩有些驚訝，原來在菅生鄉時，真的很少跟神將們交談呢。他們都會送他出門，又迎接他回來，所以他一直沒意識到這件事。

「有先回過安倍府嗎？」

「有，來這裡之前。」

他先回家換了衣服才來的。

抬頭看著昌浩的敏次，目光變得柔和了。

「伯母看到你回來，想必很高興吧？」

昌浩露出複雜的笑容說：

「她一看到我……就哭了。」

打開朝思暮想的門，走進庭院後，昌浩還是先打聲招呼才進入屋內。

母親面向廚房，正在縫衣服。昌浩從她背後叫了一聲母親，她驚訝地回過頭，直盯著昌浩，久久說不出話來。

被母親盯得太久，昌浩手足無措，正想說些什麼時，就看見淚水從母親眼裡溢了出來。

捂著嘴巴沒出聲，默默落淚的母親，比昌浩的記憶中老了一些，比昌浩的記憶中縮小了一些。

昌浩成為罪人被通緝後，露樹一直很擔憂。回想起來，最後一天的早上，他幾乎沒有跟母親說話，因為要煩惱的事太多，沒有那種心情。但現在他十分後悔，為什麼當時沒有好好看著母親，跟母親說話。

種種災難降臨安倍家，吉昌為了保護她，把她送回了娘家。當時，吉昌也沒對她說明緣由，因為怕她也被捲進來，受到指責。但什麼都不知道，想必也更擔心。

昌浩向母親道歉，為讓她擔心道歉、為這麼久沒回來道歉。露樹抹去眼淚，對不斷道歉的昌浩搖搖頭，慈祥地撫摸跪著的兒子的臉頰，說平安回來就好。只說這麼一句話就原諒了所有事，反而讓昌浩更難過。

「看到我長高了，她很驚訝，聽到我聲音變低沉了，她也很驚訝。」

露樹懷念地瞇起眼睛，說很像昌浩父親年輕的時候。

「我自己不太清楚，真的很像我父親嗎？」

小怪和勾陣都說他個子拉高後，嗓音也變低了。可是他沒辦法分辨自己的聲音，所以沒什麼真實感。他自己覺得沒那麼像。

敏次看著偏頭思索的昌浩，眨了眨眼睛。

「這麼說來，的確是……」

「咦，是嗎？」

昌浩覺得父親的嗓音更低。即使很久不見，他也不會忘記。

敏次對疑惑的昌浩點點頭說：

「伯母說得沒錯，我也覺得很像吉昌大人。吉昌大人說話比較穩重，不過，光聽聲音，真的會搞錯。」

昌浩說話不拘小節，除了嗓音改變外，還是跟以前一樣。儘管外表已經像個大人，體格也壯碩了，卻還是保有他的本性。

「模樣、聲音都變了很多，但昌浩大人還是昌浩大人。」

敏次感性地笑著，昌浩皺起眉頭看著他，不知道該怎麼解釋這句話。

「你會回來，是修行有了豐碩的成果吧？以後有時間一定要告訴我，你在播磨過著什麼樣的生活。」

昌浩不由得站住了。

「呃……老實說，我不是因為修行告一段落才回來。」

「什麼？」

敏次停下腳步，滿臉驚訝。昌浩接著說：

「我是被成親大哥的信叫回來的。」

聽到這句話，敏次的表情突然變得嚴肅，讓昌浩有種不祥的感覺。

「是不是發生了什麼事？……到底是什麼事？」

昌浩從敏次的態度，看出事情不尋常，又追問了一次。

敏次看著手上的書，催昌浩往前走。他的意思大概是，站在那裡說也說不清楚，所以要先把書還回書庫，再換個地方說。

昌浩等敏次把書放回固定位置，走出書庫，再一起往回走到陰陽部。

「剛才，我去陰陽部前，先去了曆部，可是沒見到成親大哥。」

昌浩只是隨口提起，敏次卻張大了眼睛說：

「昌浩大人，你沒聽說嗎？」

「咦，聽說什麼？」

昌浩對敏次出乎意料的反應感到疑惑，敏次眼神飄忽不定地回他說：

「啊，沒什麼……你沒聽說的話，我也不便說……」

敏次支支吾吾的樣子，讓昌浩有非常不祥的感覺。

離開京城這段時間，他跟家人經常有書信往來。但在修行中好幾次差點沒命這種事，他決定不告訴家人。他知道告訴他們，只會讓他們擔心，所以都是寫「修行很辛苦，但我會好好努力」。

總不會家人寫來的信，也都跟他一樣，隱瞞了重大的事吧？

昌浩想到，安倍家只有母親在。父親要來陰陽寮工作，白天當然不在家，可是祖父為什麼也不在家呢？

「我祖父也不在家，難道是發生了什麼我不知道的大事……」

說到一半，昌浩慌忙重新再問：

「是不是發生了什麼我不知道的事？敏次大人，拜託你，如果你知道，請告訴我！」

面色凝重的敏次，對越來越激動的昌浩說：

「前年年底，東三条院⑤大人崩逝了，你知道嗎？」

東三条院是當今皇上的親生母親詮子，也就是藤原道長的姊姊。

祖父和哥哥們寫來的信中都有提起，神祓眾的眼線也通知了他，連郡司都收到使者十萬火急送來的訊息，所以昌浩很清楚這件事。

「去年，御匣殿大人和淑景舍的東宮妃也相繼過世……接二連三的噩耗，使皇上大受打擊，經常臥病在床……」

然後，死亡的不只是皇上的血脈，開始向周邊擴散。

「其實……」垂著頭的敏次，難過地說：「去年冬天，行成大人的夫人過世了。」

「咦……」

昌浩啞然失言。

他見過行成的妻子好幾次。每次去拜訪時，她都會出來迎接昌浩，對昌浩也很照顧。

行成是昌浩的授冠人，所以他的妻子對昌浩也特別關心。昌浩原本決定，回京城後要先去拜訪他，沒想到……

在自己離開京城這段期間，究竟發生了什麼事？

「最近流行傳染病，你應該也聽說了。」

「大致聽說了……」

昌浩臉色蒼白地點著頭，敏次露出憂鬱的表情說：

「聽說生病不是直接死因，是生病的時機不對。」

「時機不對……？」

「夫人正好懷有身孕……跟那個孩子一起死了。」

孩子已經滿月，沒想到到了分娩的時候，孩子生下來沒多久就斷氣了，夫人也跟著走了。

生下來的是個女孩。

不能沾染「死穢」⑥的行成，不能擁抱生下來沒多久就死去的孩子，也不能陪在過世的妻子身旁。

前年，行成有了一個兒子。一切順利的話，會再誕生一個相差一歲的女兒。多一個家人，將會帶給他更大的幸福。

不料，妻子與孩子往生，帶給了他陰影。

沒多久，發生寢宮燒毀的重大事件，受命重建的行成，沒有時間沉溺在悲傷裡，完成了任務。然而，心情太過沉痛，今年還是病倒好幾次。

敏次很擔心對自己有恩的行成，盡可能每天去他家陪伴小公子和小千金，撫慰他們的心靈。

聽到意想不到的噩耗，昌浩驚訝不已。家人寫給他的信，當然都沒有提到這些事。可能是替他設想，希望他潛心修行，不要煩惱那之外的事。

「那麼……行成大人現在……」

昌浩半晌才說出這句話，敏次嗯地點著頭說：

「不久前還聽說他狀況不太好，可能是他自己認為這樣下去不是辦法，前些日子開始工作，看起來精神不錯……我卻不認為他真的有精神。」

那只是表面上而已，行成把所有事都埋入心底了。但敏次不能因此闖入他的心裡，也不想那麼做。

「聽說皇上近來也不太好，左大臣大人也非常擔憂。」

昌浩默默點著頭。他聽神祓眾的眼線說過，皇上病倒的次數越來越多了。左大臣會為這件事煩惱，也是他早料到的事，所以並不驚訝。

他緩緩開口說：

「我爺爺怎麼樣了？」

敏次張大眼睛說：

「昌浩大人，你總不會連這件事都……」

昌浩滿臉苦澀，雙手緊緊握起拳頭說：

「我只聽說他沒什麼改變。」

依他的猜測，皇上和左大臣處於那種狀態，一定會命令祖父做什麼，他卻完全沒聽說。

他低著頭，偷偷望向神將們。

勾陣站在他們稍後方，雙手合抱胸前看著昌浩，表情毫無變化，坐在她肩上的小怪也是。

「我要先聲明，我們也是什麼都沒聽說。」

小怪這麼說，勾陣也默默點著頭。昌浩很懷疑是不是真的，但又不能現在逼問他們，因為敏次看不見他們。

他決定回去再追究這件事。

「敏次大人，關於我爺爺不在家這件事，你是不是知道什麼？」

他知道自己的語氣不好，但他並不是在責備敏次，只是心情太過焦躁。

敏次舉起一隻手說：

「我聽說晴明大人每天都要進宮，這是皇上的意思。」

左大臣應該也提出了這樣的要求吧？

既然可以每天進宮，身體狀況應該還不錯。昌浩心想一定是這樣，鬆了一口氣。他轉頭一看，勾陣和小怪也鬆了一口氣。可見他們真的什麼都沒聽說，昌浩改變主意，決定不再逼問他們了。

「但因此爆發了大事。」

然而，這分安心沒持續多久，敏次的下一句話又往他心臟踹了一腳。

「唔……！」

這下昌浩真的瞠目結舌了，敏次緊張地對他說：

「昌浩大人，你要有心理準備……晴明大人現在成了我們的敵人。」

沒想到會聽到這種話，小怪和勾陣都驚訝得倒抽了一口氣。

昌浩的心臟撲通狂跳，劇烈到疼痛、喘不過氣來。

他做了好幾次深呼吸，用力扯開喉嚨，才勉強擠出聲音，卻嘶啞得超過他自己的想像。

「這到底是……」

看著用眼神詢問怎麼回事的昌浩，敏次像按捺著什麼般搖著頭說：

「我實在不方便說……詳細情形請問博士。」

敏次只說到這裡，就繃起臉往前走了。

昌浩知道，再問什麼他也不會說，便默默跟在他後面。

陰陽博士是昌浩的伯父吉平。他曾被下毒，在生死邊緣徘徊，九死一生中撿回了一條命。昌浩想起也很久沒見到他了。

想到可以見到他好端端的模樣，昌浩的心情就好多了。

久別的陰陽寮，多了很多生面孔，都是昌浩不在期間就任的官吏。

以前是直丁的他升為陰陽生了，應該也有新人來替代他。他邊想稍後要請人介紹認識這位新人，邊感慨地環視陰陽部內。

寮官們看到跟敏次一起出現的昌浩，都驚訝地偏起頭，難以置信地眨眨眼睛，然後瞪大眼睛看著他。

騷動聲如漣漪般，在陰陽部擴散開來。

昌浩向他們行個禮，便走向博士的座位，去見伯父。

停下振筆疾書的手，抬起頭的人，視線與昌浩交會了。

在來這裡的一路上，昌浩驚訝過好幾次。但事後他一定會說，最驚訝的是這一次。

博士的座位跟他記憶中一樣，坐在那裡的男人卻不是伯父。

站在昌浩後面的勾陣屏住了氣息，坐在她肩上的小怪也張大了嘴巴。

「你回來了啊。」

男人看到敏次和他旁邊的昌浩，面不改色地點著頭，向他們招手。

「比我預期的早呢，你看起來氣色不錯，太好了。」

坐在陰陽博士位子上的男人，放下手上的筆。

「怎麼了？昌浩，我一直很期待分別兩地的兄弟的感人重逢呢。」

這麼說的安倍成親，露出計謀得逞的眼神，笑得很開心。

小怪的陰陽講座

④放置神鏡、八咫鏡的地方，神鏡和八咫鏡是用來當成神的分身祭拜。

⑤「院」是對上皇或皇太后的尊稱。

⑥古人相信死亡會傳染，凡是接觸過屍體的人或亡者的遺族，都會沾染死亡的污穢，就稱為死穢，必須淨身齋戒。

4

現在是宣佈工作結束的鐘聲快響起的時間。

不爽被整的昌浩，賭氣地轉向了後面。在他背後的成親，把雙手插入袖口，心情大好地對他說：

「不用那麼生氣嘛，我親愛的弟弟。」

「沒聽見。」

「來嘛、來嘛，轉過來，讓我看看你好久不見的臉。」

「我說沒聽見就沒聽見。」

「來嘛、來嘛，我是哥哥耶，昌浩，讓我看看你的臉。」

「啊—啊—啊—啊—沒聽見。」

昌浩摀住耳朵大叫，成親卻不為所動，還是繼續逗著他玩。陰陽部的人看著他們，心情既欣慰又帶點無奈。

敏次不知如何是好，端端正正地跪坐在他們旁邊。

隸屬於陰陽部的他，當然知道成親坐上了陰陽博士的位子，但他很快就猜到成親為

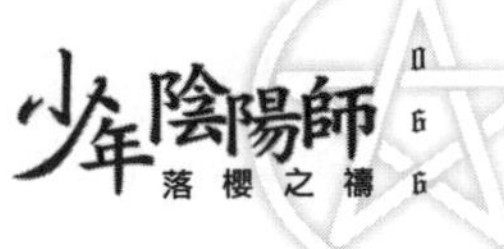

什麼不通知昌浩，所以跟昌浩來這裡的路上，他什麼都不敢說。

「對不起，我真的由衷感到抱歉。」

昌浩瞪一眼低頭賠罪的敏次，爆出了埋怨的氣話。

「好過分，再怎麼說都太過分了，你知道我有多擔心嗎？」

「我知道，我好幾次都想說出來。」

「你明知道卻不說，在那當下就是不折不扣的共犯了，你跟我哥哥都太過分了。」

「嗯、嗯，的確很過分。」成親用力點著頭。

昌浩猛然轉向成親，齜牙咧嘴地說：

「萬惡之首就是你，哥哥！」

破口大罵後，他才暗叫一聲「糟糕」，但已經太遲了。

成功讓弟弟轉過來的成親，得意地笑著說：

「你好嗎?昌浩，哎喲，其實也不用問啦，看你的臉就知道了，但還是問一下囉。」

瞇起眼睛、顫抖著嘴巴的昌浩，狠狠瞪著大哥說：

「既然不問也知道，我就不必回答啦。」

「那可不行，你要記住，弟弟有義務回答哥哥的話。」

這也太霸道啦。久沒見面，哥哥居然越來越霸道了。昌浩心想，自己這樣的感覺絕

對不會有錯。

他似乎死了心，嘆口氣，轉向成親和敏次，端正姿勢開口說：

「安倍昌浩今天回到陰陽寮了。」

「嗯，辛苦了。」

「對了，伯父在哪裡呢？」

總不會因為那起事件的後遺症，身體狀況不好，就辭職了吧？昌浩腦中閃過這個不吉利的想法。

「在那邊。」

成親指著陰陽頭和陰陽助辦公的地方。

「吉平大人在前年秋天的授官儀式，從陰陽博士晉升為陰陽助了。」

做說明的敏次，把視線轉向了成親。

「陰陽博士的空位，就由被解任的曆博士成親大人接任，直到現在。」

因成親異動而懸缺的曆博士位置，由賀茂家族其中一人就任。

天文博士跟以前一樣是吉昌，昌親也還待在天文部，只是身分變了。

「昌親現在是天文得業生⑦，不過，他不是晉升，而是通過了考試。」

看就知道，滿面春風的成親以昌親為傲。昌浩也笑逐顏開，心想這個勤勉苦幹的二

哥果然厲害。

大哥和伯父的晉升，當然也跟實力有關，但看得出來不只是那樣。

昌浩是獲得皇上恩准，晉升為陰陽生。他們的地位可能跟昌浩一樣，是皇上和左大臣的意思反映在人事上的結果。

不過，成親也好，吉平也好，都有他們的本事，絕不是徒有虛名，所以才能和平就任，沒有引發任何風波。

「陰陽博士不做事可以嗎？哥哥。」

這個哥哥在當曆博士時，就經常溜走，被曆生追著跑。

想到這裡，昌浩赫然驚覺，從今以後自己是不是也要追著哥哥跑？

敏次從昌浩的表情看出他在想什麼，舉起一隻手說：

「放心吧，昌浩大人，他就任陰陽博士後，拋下職務的次數寥寥可數。」

「還是有寥寥可數的次數啊！」

坐在旁邊聽他們對話的小怪，間不容髮地插嘴說話，昌浩也露出懷疑的眼神盯著哥哥。

「說得好啊，小怪！」昌浩在心中暗自讚賞。敏次聽不見小怪的聲音，但成親應該聽得很清楚。

成親灑脫地說：

「陰陽部有敏次在，沒那麼容易溜走啦。」

昌浩眨了一下眼睛。

成親向來稱敏次為敏次大人，現在卻直呼敏次的名字。

這件事似乎是在告訴昌浩，他所不知道的時間，確實流逝了。言語無法形容的寂寞，湧現心頭。

成親看到昌浩落寞的表情，微微笑著，瞇起了眼睛。

這時候，工作結束的鐘聲響起。

在偷聽對話，卻假裝沒在聽的陰陽部的人們，同時動了起來，準備離開。

成親也起身說：

「走，回去吧，昌浩。昌親和父親也盼著你回來呢，快去見他們吧。」

被催促的昌浩，不由得回頭看敏次。

比他大三歲、比他記憶中長高了一些的前輩，從背後推他一把，帶著微笑點點頭。

那樣子又讓他想起三年前的事，眼角突然熱了起來。

他慌忙行個禮，站起來，跟在哥哥後面走，這時候才有了真實感：

啊，我真的回來了。

「對了，哥哥。」

「什麼事？弟弟。」

在走向天文部的途中，昌浩問：

「為什麼說爺爺是敵人呢？」

滿臉疑惑的昌浩，這時忽然察覺到一件事，眨了眨眼睛。

成親回看他的視線高度，竟然在他之下。

「好久不見，你長高了呢，沒想到會被你超越。」成親感觸良多地仰頭看著昌浩，有點鬱悶地說：「昌浩，你總不會比勾陣還高吧？」

走在稍後方的勾陣，眨眨眼睛，望向昌浩。成親說得沒錯，戴著烏紗帽不太看得出來，但昌浩的背部的確高出勾陣一些。

「你以前還一直煩惱長不高呢……太好了。」

發生那件事的時候，成親聽昌親說，成長痛正折磨著昌浩。他想起自己以前也被成長痛折磨過，浮現「那小子也是啊」的悵然心情，笑了起來。

「你長高了，聲音也變了，真的長大了呢。」

成親沉浸在感慨裡，昌浩有點難為情地搔搔臉頰。

「剛才敏次也說，我的聲音跟父親很像，是這樣嗎？」

「啊，還真的很像呢。」成親點著頭，瞇起眼睛說：「你說話再穩重點，恐怕就很難分辨了，你的聲音最像父親。」

「這樣喔。」昌浩點著頭，暗自思索。每個人都說很像，但每個人都會補上一句：

「說話再穩重點就更像了。」

被說成這樣，很難不介意，昌浩心想，我說話真的那麼不穩重嗎？

他的心思都轉到那件事上了，小怪從背後對他說：

「先別想那件事，快問晴明到底怎麼樣了？」

說得也是。

昌浩回頭看，小怪和勾陣的表情都很可怕，看就知道，話題停滯不前令他們非常焦躁。

被兩名鬥將兇狠的目光盯住，哥哥和弟弟都刻意避開他們的視線，把話題拉回來。

「哥哥，快說爺爺成了敵人是怎麼回事？」

「對、對，沒錯，老實說，我把你叫回來，就是為了這件事。」

昌浩、小怪、勾陣都異口同聲回應成親的話：

「啊？」

成親板起臉，嘆口氣，對啞然失言的三人說：

「說來話長啊……」

◇　◇　◇

在寢宮清涼殿的一角。

晴明待在皇上就寢的夜御殿內，看著躺在床上的年輕人的蒼白的臉，表情變得有些嚴峻。

他是當今皇上，現年二十四歲，再半個月就二十五歲了。

三年前，他失去了最愛的人定子。前年，他失去了無可取代的母親。去年，失去了貌似定子、懷有他孩子的御匣殿別當。

接二連三的失去，使他的心靈嚴重受傷，剝奪了他活下去的意志。

侍從和女官們敏銳地察覺晴明的表情不對，都大驚失色，以為晴明看到了災難的徵兆。

皇上發出的規律的打呼聲，聽得出來有點急促。

為了讓皇上的心平靜下來，侍從們總是保持一段距離，繃緊神經待命，只要皇上發出任何聲音，他們就會即刻趨身向前。

走出夜御殿的晴明，跟侍從、女官們一起來到連接承香殿的渡殿。

「晴明大人，以皇上的狀況來看，是不是有妖魔鬼怪作祟？」

侍從目光犀利地逼問，晴明平靜地搖搖頭說：

「皇上是因為失去所愛的人，所以活下去的意志越來越薄弱了。」

聚集在那裡的幾個女官，都啞然失言，用袖子擦拭眼角，還有人嗚咽地啜泣起來，侍從也是。

凡是他們做得到的事，他們都願意盡全力去做。然而，把死者從那個世界帶回這個世界，只有神仙才做得到。

「那麼，至少為皇上祈禱，讓他的心靈平靜下來吧。」

女官這麼要求，晴明默然答應。

連日被召進宮的晴明，被交付的工作，就是察看皇上狀況、傾聽侍從和女官們的話、舉辦祈禱或唸咒儀式，藉此安撫大家的心。

這些事，不用晴明，其他人也辦得到。尤其是察看皇上龍體這件事，怎麼想都應該是御醫的職責。然而，御醫已經用盡所有辦法，皇上的狀況卻還是不見好轉。

他們現在也只能仰賴可以操縱神力的大陰陽師了。

晴明從渡殿望向飛香舍。那是後宮多數的殿舍之一，被稱為藤壺的中宮住在那裡。官位高到可以過目奏摺的左大臣藤原道長，是藤原家族的首領。住在這間飛香舍的中宮，就是他的大千金。

唯一繼承皇上血脈的親王，與他的妹妹內親王，在失去母親、祖母、阿姨後，變得無依無靠，就是由這個被稱為藤壺中宮的大千金撫養。

皇后定子留下來的敦康親王，明年是五歲。定子用自己的生命換來的內親王媄子，明年是四歲。聽說兩人都很黏代替母職的中宮。

藤壺中宮彰子，明年就十七歲了。晴明從來沒有機會見到身為后妃的她，其他的公卿們也一樣。

只有父親道長，被允許直接會面。然而，可能是顧慮皇上，他也很少去飛香舍。即使去了，也是隔著竹簾或屏風，客客氣氣地交談。侍女們都很貼心，會悄悄退下，讓父親和女兒可以自在地對話。

在後宮工作的侍女們，都有機會隔著竹簾或屏風見到彰子的容貌。彰子剛進宮時還很稚嫩，說得好聽，是像個小女生很可愛，說白了是稚氣未脫。

然而，那分稚氣最近全都不見了，變成婀娜多姿的女性，出落得嬌媚動人。

不知道是身為後宮唯一中宮的自覺，讓她變成這樣？還是有心儀的人陪在身旁，讓她自然綻放出了光彩？

因為撫養小親王和小內親王，使她與生俱來的溫柔與善良更加濃厚了。

對孩子的愛，也讓她散發出溫馨的氛圍。皇上逐漸把這樣的彰子當成女性看待，越來越珍惜她了。

兩人之間似乎暫時還不會有小孩，但總有一天會有。

想著這些事的晴明，漫不經心地望向遍及寢宮各處的繁茂樹木，忽然皺起了眉頭。

陰曆十二月已經過了一半，年關將近，寒氣更加嚴酷。

某種花應該只有在這種季節才會美麗地綻放，晴明卻到處都看不到那個鮮豔的紅色。

他覺得不對勁，詢問沮喪而表情黯淡的女官：

「我記得那一帶有很漂亮的山茶花，那棵樹怎麼了？」

應該有棵大樹蒼鬱聳立的地方，變成了空地。

女官也覺得奇怪，抓住正好經過的近衛府⑧的警衛，詢問原因。

警衛起初也很疑惑，歪著頭思索。女官又陸續找來其他人，盤問怎麼回事。

沒多久，有個被找來的人解答了問題。

「我聽夜間警衛說，那棵樹五天前突然掉光所有葉子，枯萎了。他們覺得不吉利，就把那棵樹連根剷除了。」

近衛府是輪班守衛，所以白天的警衛不是很清楚這件事。

聽完那個人說的話，一個侍從說：

「啊，原來夜間警衛說的是那棵山茶花樹？」

年約五十多歲的侍從，向晴明致歉說：

「對不起，因為接到太多類似的報告，所以沒有想到是晴明大人說的山茶花樹。」

侍從說的話，讓晴明更加困惑，皺起了眉頭。

「你說類似的報告很多……意思是不只山茶花樹？」

「是的，淑景舍庭院的椿樹、常寧殿前的榎樹、襲芳舍後面的柊樹，都突然枯萎了，我收到了那些地方的侍女們的報告。」

「……」

晴明覺得很奇怪。去年鬧乾旱，草木嚴重枯萎，但剛才提到的山茶花樹、榎樹、柊樹都活下來，度過了年關。

今年的雨量比去年稍多，晴明親眼看到，家裡的樹木都恢復了原有的蓬勃生氣。

安倍家的庭院裡種了很多椿樹、榎樹、柊樹、梅花樹、櫻花樹等會隨四季變遷逐一開花的樹木，其他還有楓樹、楠樹、柏樹等。

這些樹會明確地傳遞季節的訊息，與較矮的杜鵑花、棣堂花、山百合、蓮花等，同樣都能帶給家人賞心悅目的樂趣。

寢宮裡的花草樹木也一樣，會隨著季節變遷而開花、長出綠葉、轉為紅葉、妝點冬雪，撫慰住在那裡的人的心靈。

飛香舍恰如藤壺這個名字，有壯觀的紫藤花架，其他種植最多的是春天綻放的櫻

花、秋天紅葉片片的楓樹。

聽完侍從的話，女官雙手托著臉頰，忽然開口說：

「我想起來了……」

晴明轉向了她，她眺望仁壽殿⑨說：

「近衛府的警衛說過……南殿⑩的櫻花遲遲沒結花蕾呢……」

在冬天綻放的山茶花和椿花凋謝後，換香味撲鼻的梅花綻放。梅花凋謝後，櫻花會隨之綻放。然後，粉紅色的花瓣飄落、絢麗怒放的牡丹凋零、盛開的紫藤花隨風飄散。這些花草樹木把寢宮裝飾得萬紫千紅。

別說是皇上等住在這裡的中宮、侍女們的心靈，連殿上人⑪、警衛、隨從等人的心靈，都被這些天然的鮮豔色彩滋潤了。

紫宸殿前種植著櫻花樹和橘樹，這兩棵樹分別被稱為「左近櫻」、「右近橘」⑫。負責看顧這兩棵樹，也是近衛府的警衛的重要職務。

「妳說遲遲沒有結花蕾，是因為櫻花季節還早吧？」

晴明歪著頭思索，女官們露出不安的眼神，彼此互看一眼，終於下定了決心似的，其中一個人開口說：

「其實……南殿的櫻花，去年幾乎沒有開花。」

不但花蕾結得晚，數量也比歷年少。那時候正好流行傳染病，所以沒人關心櫻花的事。想到時，櫻花已經不知道在什麼時候凋謝光了。是什麼時候開的呢？這個話題稍微被提起過，但很快就無疾而終了。

因為皇上臥病在床、御匣殿懷孕，大家都沒有心情想這件事。

直到最近，聽說到處都有樹木枯萎，女官們才想起櫻花開得很少的事。她們有意無意地詢問近衛府的警衛，今年的櫻花狀況怎麼樣？得到的答案是都沒有結花蕾。

再過二十天，就冬去春來了。急性子的梅花，已經三三五五綻放了。南殿的櫻花是山櫻，但京城比山上溫暖，所以會早點開花。

在寢宮工作的資深侍女非常恐懼，認為是皇上太寵愛皇后，冷落中宮，惹怒了木花開耶姬，所以南殿的櫻花變成不會開花了。

自從很多地方的樹木開始枯萎後，起初覺得好笑的侍女們，也開始竊竊私語，會不會真的是木花開耶姬生氣了，其他木魂神也站在祂那邊。

女官們彼此互看後，向晴明提出了請求。

「我們知道不該在皇上龍體欠安時說這種話，可是，晴明大人……」

「會不會真的是木花開耶姬生氣了呢？」

「如果是觸怒了神，不平息神的怒氣，寢宮裡的樹就會枯萎吧？」

「樹與氣相通，樹木枯萎，氣就會枯竭，很可能有礙皇上龍體健康。」

「晴明大人，請舉行鎮神儀式。」

「氣再繼續枯竭，也可能給年幼的皇子、公主帶來災難。」

妳一言我一語的侍女們，也惶恐不安。

接連不斷的死穢，在皇上周遭捲起了漩渦。皇上自身難保，直系皇子又只有一個。雖然還有兩位公主，但只有一位皇子還是讓人非常不放心。

去年去世的御匣殿，最令人惋惜了。御匣殿所懷的孩子，說不定是男的。

倘若是個皇子，那麼，生母御匣殿別當的身分雖然不高，但畢竟是皇后定子的妹妹，也是攝關家的千金，所以即使已經有了同父異母哥哥敦康親王，他還是有可能登上皇位。

定子的哥哥伊周、弟弟隆家，知道御匣殿懷孕都很高興，充滿了期待。沒想到孩子還不足月，就母子雙亡了。接著，身為東妃宮的另一個妹妹原子，也在被稱為御匣殿的妹妹過世沒多久後，突然病倒長逝了。

被留下來的兄弟們的悲嘆，又深又強烈，聽說是筆墨也難以形容。

在女官們懇求的目光下，晴明又望向了仁壽殿。

仁壽殿對面的紫宸殿，左右是高大聳立的櫻花樹和橘樹。

櫻花樹似乎不願意開花。

這個事實如小小荊棘般，扎刺著晴明的心。

◇　◇　◇

小怪的陰陽講座

⑦天文博士、陰陽博士、曆博士底下都有學習的學生，稱為天文生、陰陽生、曆生，還有以博士為目標的得業生。

⑧負責守護皇宮的武官的部門，分為左近衛府、右近衛府。

⑨原是皇上生活居室，後來改成清涼殿，這裡變成舉辦宴會、相撲、踢毽子等種種活動的地方。

⑩紫宸殿的別稱。

⑪可以進入清涼殿的官員。

⑫左近、右近是左近衛府、右近衛府的簡稱。當皇宮舉行儀式時，左近衛府會在紫宸殿的東邊擺陣，右近衛府會在西邊擺陣，而陣頭的地方剛好有櫻花樹、橘樹，所以稱為左近櫻、右近橘。

5

值夜班的人燒起篝火，照亮了夜晚的陰陽寮。

不覺中暗下來的渡殿，被懸掛的燈籠與篝火照成了橙色。

成親和昌浩在陰陽寮的一隅，圍著火盆交談著，地上擺著些許食物、土杯、瓶子。

果然如成親所說，真的是說來話長。

原本他們是站在渡殿說，曆生和陰陽生們心想，昌浩與成親闊別三年，一定有很多話要說，就把火盆搬到陰陽寮的一隅，替他們準備了座位。

工作結束的鐘聲響起時，已經傍晚了，所以昌浩他們被帶到備好的座位時，全世界都籠罩在夜色裡了。

一個跟成親頗有交情的曆生，表情不變地說要去通知天文部的人，說完就大步走出去了。留到最後的敏次，輕聲笑著說那個人有恩於他。昌浩沒有追問是什麼恩，敏次也沒有說。

敏次認為的恩，真的是微乎其微，說不定對方早忘了這種事。

正這麼想時，就聽見曆生臨走前低聲嘟囔的話。

——今後他更要吹捧自己的弟弟了。

神情有些無奈、語氣淡然，但也有點心滿意足地笑了。

三年前，這個男人直率且肯定地告訴敏次，安倍成親是個傻父親、傻哥哥，動不動就吹捧自己的弟弟們、每隔幾天就吹捧自己的孩子們，偶爾才會吹捧他的大陰陽師祖父。

就是他不經意提出的疑問，讓敏次不顧一切採取行動，才打開了僵局。

昌浩可以這樣回到陰陽寮，或許要感謝那個曆生說的話。

所以敏次暗自期待，哪天一定要跟這個表情永遠不變、態度淡然的曆生，推心置腹地聊聊。

敏次替他們準備的瓶子，裡面裝的是清水。但不是一般清水，而是在特別的日子與限定的時間才能汲取，用來寫護符的清水。陰陽師不喝酒，所以他用珍藏的清水來呈現特別的感覺。

成親喝乾土杯裡的水，有點疲憊地喘口氣說：

「事情就是這樣……」

昌浩注視著放在膝前還沒喝過的土杯，語氣沉重地說：

「……居然變成這樣……」

「是啊。」滿臉苦澀的成親，合抱雙臂說：「你知道了吧？昌浩，爺爺現在是我們不共戴天的敵人。」

「爺爺是……」

握緊拳頭、肩膀顫抖的昌浩，只吐出這幾個字就說不下去了。

勾陣靠著柱子，坐在他們旁邊，保持緘默。

至於小怪嘛……

「喂。」

低沉可怕的聲音從下巴的下面傳來，所以昌浩往那裡看。

被纏繞在脖子上的小怪，半眯著眼睛瞥他們兄弟一眼。

「怎麼了？騰蛇。」

成親以嚴肅的眼神回應，小怪的嗓音也更加低沉了。

「聽你那麼說，好像是非常嚴重的一件大事。」

「嗯。」

「但深入思考，不過是父子戰爭嘛，難道只有我這麼覺得？」

「——」

出乎意料的發言，讓成親微微瞪大了眼睛。

「小怪！」昌浩把小怪從脖子上扯下來，抗議說：「你有認真在聽哥哥說話嗎?!」

「當然有在聽。你埋怨說好冷，就不管我願不願意，把我纏在脖子上，所以我在這

麼近的距離不可能聽漏，聽到的聲音也大到不可能聽錯。」

「那麼，你怎麼會說是父子戰爭呢？明明就不是。」

「真的是小怪說的那樣吧。」

「欸?!」

正要嚴正反駁的昌浩，被悠悠插嘴的成親削去了氣勢，發出奇怪的叫聲。

成親合抱雙臂，嗯嗯點著頭。昌浩把小怪拋出去，逼向了他。

「你在說什麼啊，哥哥！你剛才不是非常詳細、非常有耐心地對我做了鉅細靡遺的說明嗎？你說寢宮的大人物們，都把重心放在爺爺身上，所以陰陽寮決定揭竿而起，讓他們知道不必仰賴安倍晴明，這裡還有個實力堅強的陰陽師集團。」

成親對滔滔不絕的昌浩點著頭說：

「沒錯。」

「你說爺爺對這件事嗤之以鼻，皇上也不會理會陰陽寮！」

「我說了。」

閉著眼睛的成親，鄭重地回應。

「你說寢宮還是連日把爺爺找去，完全不找陰陽寮！」

「我說了。」

「你說陰陽頭賀茂大人悲嘆到病倒，伯父和父親去向爺爺抗議，可是爺爺根本不聽他們的話！」

「嗯，我說了、我說了。」

說到這裡，昌浩喘口氣，又更粗暴地說：

「你說怒髮衝冠的陰陽寮官員們，終於忍無可忍，團結起來，決定向爺爺挑戰，比賽猜謎！」

剛才被拋出去的小怪，半瞇起眼睛坐下來，對旁邊的同袍說：

「到這裡為止都沒錯。」

「是啊。」

這時候昌浩大叫起來，像是要推翻勾陣對小怪的回應。

「你說他們向爺爺宣告，從陰陽寮獲勝的那一刻起，所有任務、工作就全部歸於陰陽寮，要爺爺關在家裡別再出來了，不是嗎?!」

表情複雜的小怪與勾陣面面相覷。

眨著眼睛的成親，也困惑地歪著頭思索。

「他們好像是說，如果陰陽寮贏了，從皇上到所有貴族們的疑難雜症，都要交由陰陽寮負責。」

小怪和勾陣默默點頭，贊同這句話。

「然後，希望爺爺可以無後顧之憂，悠閒地待在家裡。咦，為什麼會變成這樣呢？」

「沒多大差別啦！敵人滾蛋、打倒爺爺！」

昌浩說得慷慨激昂，成親對他搖搖手，安撫他說：

「不、不，我們跟爺爺沒有仇，也不要他滾蛋。」

「可是！」

橫眉豎目的昌浩還要接著罵，小怪嘆口氣，平靜地打斷了他。

「昌浩。」

語氣雖不強硬，卻有著無法忽視的威嚴，昌浩安靜下來。

介入兄弟之間的小怪，把前腳搭在火盆邊緣站起來。

「剛才我也說了，這不過是父子戰爭。對吧？成親。」

被點名的成親，拿它沒轍地笑了起來。

「騰蛇好精明，皇宮裡的官員只有行成大人和敏次看出來。」

昌浩一臉錯愕，皺起了眉頭。小怪深深嘆口氣說：

「八成是吉平很氣貴族們還是那麼仰賴年邁的晴明，所以要求晴明隨便找些藉口，把貴族們委託的案件推給陰陽寮，那個混蛋卻逞強說不要把他當老人看待，結果你一句

我一句，就吵起來了。大概就是這樣吧？」

成親對口若懸河的小怪猛拍手，讚賞不已。

「喔，厲害、厲害，完全猜對了！」

勾陣按著額頭低聲說：

「那個混蛋，簡直是……也不想想自己的年紀。」

成親愁眉苦臉地回應勾陣說：

「我想他應該也有自覺，父親和伯父只是太過擔心，所以有點激動。」

視線依序掃過昌浩和神將們的成親，露出擔憂的眼神說：

「因為他幾次身體出問題，都在床上躺很久，所以無論如何……」

近三年前的春天，內親王脩子回到京城，晴明也從伊勢回來了。

他很久沒有那樣扛著重責大任出遠門，時間又長，想必疲憊不堪。

回到京城後，有段時間他的身體時好時壞，神將們都非常擔心，成親只能默默看著。

因為沒有他說話的餘地，所以他什麼也沒說。

然而，貴族還是很仰賴剛回來的晴明，委託案堆積如山，有人請他祈禱、有人請他做護符、有人說烏鴉在以前沒築過巢的地方築巢，請他判別吉凶，都是不必麻煩大陰陽師親自出馬的事。

晴明卻照單全收，配合身體狀況，一件件解決了。

在他處理期間，委託案還是不斷湧進來，就在好不容易熬過夏天時，他又病倒了。臥病在床時，貴族們的委託案還是源源不斷。病好就被工作追著跑，然後又生病休息。

就在這樣的狀態下，冬天來臨，東三条院詮子崩逝了。

原本只有貴族們的委託案，從那時候起，又多了左大臣的囑咐，要他替意氣消沉的皇上驅逐心靈的疼痛與災難的陰影。

左大臣與皇上的要求，必須優先處理。晴明強忍身體的不適，連日進宮。果然如擔心的家人所預料，他又病倒了。

晴明終於不再病倒，是在今年盛夏剛過，天氣變涼爽之後。

每次年邁的父親病倒，吉平和吉昌都擔心得不得了，一再要求他推掉委託案，好好休息。

他本人卻說，老躺著太無聊了，有事做可以排遣心情。

漸漸地，吉平和吉昌的擔憂終於超越了極限。俗話說愛之深責之切，埋怨爺爺不聽勸的焦慮，沒多久就變成了淡淡的憤怒。

還有一個要素，使得問題更加嚴重。

他們雖然不是一般人類，卻也是一般常見的父子，但同時又是在皇宮擔仕要職的官僚。

一邊是藏人所陰陽師，幾十年來都被稱為曠世大陰陽師的安倍晴明。

一邊是陰陽寮的陰陽助安倍吉平與天文博士吉昌兩兄弟，他們都是晴明的親生兒子。

表面上，是揭竿而起的陰陽寮樍上只重用年邁的安倍晴明的皇宮貴族們。

實際上，是擔心年邁的父親卻沒辦法說服父親而大動肝火的孩子們，與不甘心動不動就被當成老人關心的頑固父親，把皇上、殿上人和陰陽寮全都扯進來的浩大的父子戰爭。

「……」

昌浩屏住氣息，握起了拳頭。

爺爺病倒過好幾次。

他都沒聽說，沒人告訴他。

然而，的確發生過很多次，只是昌浩不知道而已。家人擔心他，所以沒有通知他，如此而已。

成親和吉平的榮升、昌親通過考試的好消息，擺到現在才說，是為了給他驚喜，對家人來說是小小的樂趣。

但關於祖父的事，他想家人一定很煩惱該不該告訴他。真的、真的煩惱了很久，最後才決定不要告訴他。

因為不管昌浩怎麼說，大家都知道他非常傾慕祖父晴明。他們猜想，在家族中，昌浩很可能是最害怕晴明老去的人。

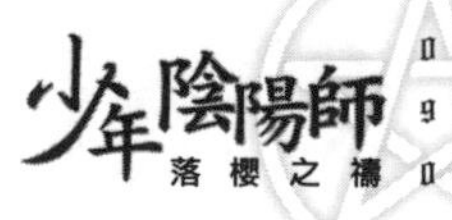

受到超乎想像的打擊，昌浩啞然失言。

成親邊思考，邊結結巴巴地說：

「昌親認為……考慮到你的心情，最好通知你……可是，通知了你，我們也不能陪在你身邊……」

更何況，還有更大的原因。

「爺爺自己也說，怕你因為他的事分心，會對不起照顧你的神祓眾。」

原本表情陰鬱、沉默不語的昌浩，眉毛抖動了一下。

「……什麼？」

他用閃爍著厲光的眼睛瞪著哥哥，低聲咒罵。

「他只是怕我分心，會對不起照顧我的神祓眾？難道他都沒想過，我會不會擔心他、會不會因此分心受傷嗎？」

大哥眨眨眼睛，緩緩移動視線說：

「啊……你看，好美的月亮。」

太假了。根本是裝瘋賣傻。這片陰霾的天空，哪來的美麗月亮？

昌浩氣得肩膀顫抖。

剎那間，他還真的很擔心呢，他好想大叫把我的時間和心情還給我……！

爺爺把闔上的扇子按在嘴上，呵呵笑著的模樣，清晰地浮現在昌浩腦海。不是他自誇，自從離開京城以來，祖父的身影還是第一次這麼強烈地浮現呢。

他把握緊的拳頭舉到胸前，大聲宣告：

「打倒狐狸……！事到如今，陰陽寮無論如何都要獲勝，讓爺爺滾回家去！」

小怪用跨在火盆邊緣的前腳搔著臉，疑惑地說：

「我怎麼覺得吉昌原本的用意被扭曲了，是我想太多了嗎？」

「好巧，我也這麼覺得。」

「對吧？」

小怪瞥勾陣一眼，沉下了臉。

該怎麼說呢？結論是昌浩跟吉平、吉昌一樣，對晴明又愛又恨，再加上三年來發生的種種事，以及晴明不關心自己的事實，更助長了那種情感。

小怪靈活地合抱兩隻前腳，搖頭嘆息。

昌浩的外表變得更精悍了，個子長高了，聲音也變低沉了，性格上卻還是個老么，也還是個深信晴明會永遠健康，對晴明非常放心的小孫子。

神將們漸漸了解，人類就是這樣的生物。

跟隨半人半妖的晴明，將近六十年了。

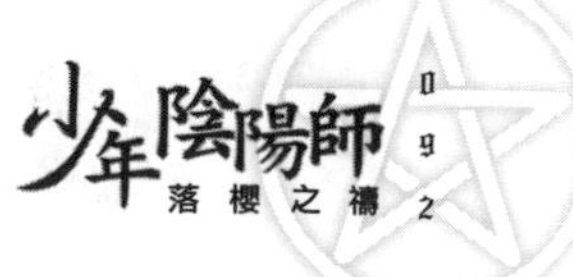

對神將們而言很短暫的六十年歲月，讓他們對人類的心有所了解，知道人類的生命是多麼無常。

而人類這種生物，卻愚蠢到令人難以相信，把這種事忘得一乾二淨，要到意外降臨的那一刻才會想起來。

成親和神將們滿臉無奈，注視著情緒有點火爆的昌浩。

這時候，有聲音改變了整個氣氛。

「哥哥、昌浩。」

吸口氣轉過身去的昌浩，看到二哥站在走廊望著他們的親切笑容，眼睛立刻亮了起來。

「昌親哥！」

昌浩站起來，昌親也快步跑向了他。

看著外表改變很多，已經長大的弟弟，昌親感慨萬千。

「回來了啊，昌浩……」

這句話裡的種種感情，昌浩全都收到了。

心中充滿感動的他，露出百感交集的眼神，快哭出來似地笑著說：

「是的，我回來了。」

最後一次跟昌親說話，是他被扣上殺人罪名遭通緝，身體與心靈都又冰又凍的寒冷

冬天夜晚。

現在想起那晚的事，昌浩的心還會糾結起來，胸口發冷，呼吸困難。

是二哥和二嫂在千鈞一髮之際，撐住了快崩潰的他。

當時昌親的視線還高過他，現在換他低頭看昌親了。

想起已經遺忘的成長痛，他才發覺成長痛已經跟那晚幫他逃走的昌親的身影相連結了。

昌親看著比自己高的弟弟，溫和地笑著說：

「果不其然。」

「咦？」

「你長大了呢，昌浩。」

自己最後說的話重現腦海。

——再見了，下次再見面時，我們的視線高度應該更靠近了。

昌浩似乎也想起了這件事，表情更是變得又哭又笑。

昌親不停地點著頭。

已經不可能再像以前那樣，把他抱起來了。但無所謂，可以這樣安然地再見到他，

看到他神采奕奕的模樣就夠了。

失去後換來的東西，就是這麼珍貴。

「往這裡走時，我一直聽到你的聲音，跟父親很像呢。」

「是啊，大家都這麼說。」

昌浩擦拭著哭紅的眼睛，昌親細瞇著眼睛對他說：

「呃，你說話再穩重點，可能就會聽錯了。」

「唔……」

昌親無心的一句話，讓昌浩不知道該怎麼接，閉上了嘴巴。

成親和小怪、勾陣都忍不住噗哧笑出來。

不知道怎麼回事的昌親，疑惑地偏起了頭。

「怎麼了？哥哥、騰蛇、勾陣……」

成親他們顧不得滿頭霧水的昌親，一直笑到一波結束為止。臉色很難看的昌浩，無言地垂下了肩膀。

◇　◇　◇

嘎啦嘎啦的車輪聲，響徹夜晚的京城。

發出聲響的是牛車。

不是一般牛車，是沒有牛在拖也能奔馳的妖車。

車轅的長度，大約是一般牛車的一半。有成人男性那麼高的大車輪，中間飄浮著大大的鬼臉。

妖車點燃慘白的鬼火，發出嘎啦嘎啦的聲音前進，車輪中央的鬼臉仰望著天空。

陰霾的天空，厚厚的雲層低垂，看不見星星、月亮。

妖車呼地吐口氣，繼續往前跑。

周遭只聽見嘎啦嘎啦的車輪聲。

每晚過了半夜，妖車就會從白天的巢穴出來，在京城徘徊。

雖說是徘徊，卻有固定的路線。

起點是一条戻橋。從橋下河堤爬上來後，它會先去安倍家，確認周遭有沒有異狀。然後走過西洞院大路，慢慢地、慢慢地從三条大路往東走。到室町小路時，從路口往北走，放慢速度，靜靜地往前走。走著走著，走到姉小路的路口，就靜靜地往西走。再從町尻小路的路口往南走，又回到三条大路。

固定路線到此為止。接下來就看當天的心情，可能在左京四處徘徊，也可能前進到右京。

偶爾遇到住在京城的小妖們，它會應它們要求，讓它們坐上車棚，帶著它們越過圍繞京城的羅城，去很遠的地方。

今晚就是這樣，妖車跟熟識的小妖們，從三条大路穿過東京極大路，去了京城外。

滿地都是枯草，車子嘎啦嘎啦走在沒有路的路上。

坐在車棚上的小妖，探出身子跟它聊天。

「喂，車子，今天要去哪？」

小妖的語調很開朗。浮在車輪中央的鬼臉，眼神柔和地笑了起來。

《這個嘛……猿鬼兄想去哪兒呢？》

「我想想。」

長著三根角，很像猴子的小妖開始思考。身體圓得像球，只有一根角的小妖從它旁邊探出頭說：

「那就往上游走，沿著鴨川繞一圈吧。」

坐在猿鬼另一邊的三眼蜥蜴，伸出頭說：

「好主意、好主意。」

「啊，這樣喔？贊成！」

《獨角鬼兄、龍鬼兄、猿鬼兄都這麼想嗎？那麼……》

它原本打算像個妖怪，去很久沒去的鳥邊野⑬散散步，但既然小妖們提出了要求，就以它們為優先了。

嘎啦嘎啦前進的妖車，哼起歌來。

獨角鬼聽見，眨眨眼睛說：

「咦，車，你心情不錯呢，怎麼了、怎麼了？」

「真的呢，第一次聽見你哼歌。」

「是不是有什麼好事？」

看到熟識的三隻小妖那麼驚訝，在車輪中央的鬼臉稍微側偏說：

《沒什麼……好事……》

在冷得連車簾都會凍結的冬末，陰沉的天空怎麼樣也稱不上美景。要不是有小妖們在，它根本不會想走出京城外。

結束例行工作，回到戻橋下，它就開始睡覺，希望可以做夢。

今晚妖車也是打算這麼做。每晚，它都會巡視寶貝主人的家，還有另一個寶貝人物住的地方。完成自己賦予自己的任務，它就感到安心，在心裡做報告。

希望在夢裡被召喚時，可以挺直車身，以這件事為傲。

它每天都夢想著，今晚一定會夢見那個從沒做過的夢。

停下車輪的妖車，仰望天空，眨了眨眼睛。

《可是……》

為什麼呢？

明明是跟平時同樣的夜晚。

卻好像比平時多了一點點的恐懼。

只比平時多了一點點。

胸口莫名地浮躁，心靜不下來。

《……》

妖車又繼續往前走，坐在車棚上的小妖們改變了話題。

「從前天開始，我們變得很閒。」

「就是啊，喜歡跟我們玩的人不在了。」

「沒有我們跟著，一定很無聊吧。」

《啊，所以你們才要在下沿著鴨川走？》

明白後，可怕的鬼臉友善地嘻嘻笑了起來。

小妖們從車棚邊緣探出了身子。

「啊，怎麼這麼說呢，車。」

「你自己也很開心吧？」

「要不然，我們拜託你，你也不會去那麼遠的地方吧？」

的確不用它們三隻開口，妖車也會毫不猶豫地直直奔向「那麼遠的地方」。

《當然很開心，可是，為什麼呢？》

嘎啦嘎啦前進的妖車，鬼眼遙望著遠處。

《有種很想哭、又很開心的感覺……像是某種預感。》

妖車沒頭沒腦地說著，不是在對任何人說，只是在自言自語。

小妖們面面相覷。

為什麼呢？為什麼呢？

《今天晚上……說不定會做夢……》

妖車嘎啦嘎啦往遠處奔馳。

小妖們會在天亮後睡覺。它們也會做夢。但它們知道，妖車想做的夢，不是一般的夢。

為什麼呢？為什麼呢？

它們正往鴨川上游的神社奔馳。

為什麼呢？為什麼呢？

它們四處張望，發現了一件事。

這一路上，到處都有樹木。稀奇的是，有幾棵已經枯了。

那些不都是不會枯的常綠樹嗎？

為什麼呢？為什麼呢？

小妖們心裡發毛。

常綠樹枯了。

處處可見的柊樹，葉子都掉光了，露出枯瘦的樹枝。

快要腐朽的乾扁枝幹，宛如痛苦到蹲下來彎著腰。

柊樹居然枯了。

驅邪除魔的柊樹居然枯了。

為什麼呢？

只是巧合吧？因為雨下得太少。不，不對。

「快啊……車。」

不知道意義，也不知道理由，猿鬼喃喃說著，獨角鬼和龍鬼也重複它的話。

快啊，車，快去鴨川上游。

那個很重要、很重要的可愛女孩，在前面那間神社裡。

所以，快啊，要在柊樹枯萎前趕到。

要在驅邪除魔的柊樹枯萎前趕到。

妖車嘎啦嘎啦向前疾馳。

在灰濛濛的陰霾天空下，京城逐漸遠去。
妖車不經意地回頭看，眨了眨眼睛。

為什麼呢？
明明是跟平時同樣的夜晚。
卻好像比平時多了一點點的恐懼。
比平時多了一點點。
胸口莫名地浮躁，心靜不下來。

◇　◇　◇

小怪的陰陽講座

⑬傳說中通往死亡國度的地方。

6

過半夜，昌浩就溜出了家門。很久沒這麼做了。

「嗯，沒想到剛回京城就做這種事……」

小怪臭著臉，昌浩也臭著臉對它說：

「不最先去向祂報告我們回來了，一定會惹祂生氣吧？」

「也是啦。」

小怪也打從心底贊同這句話，畢竟對方是國內屈指可數的天津神。

無論盡多少禮數，都不會嫌太多。

「不過，你要自己走去嗎？很遠呢。」

坐在肩上的小怪問，昌浩嗯地點點頭說：

「我想試著計算自己走去要花多少時間，如果太花時間，再叫它來就行了。」

但昌浩還沒有告訴妖車他回來了。

跟成親他們聊得太起勁，很晚才回家，所以沒見到戾橋下的牛車，可能是夜間去散步了。

他白天順道回過家，但換好衣服就去了陰陽寮，沒時間跟妖車打招呼。出了京城，走在颳著風的黑漆漆路上，昌浩對自己施加了夜間也看得一清二楚的暗視術。在沒有星星、月亮的暗夜，只要使用這個法術，就能看得跟白天一樣清楚。

「幸好沒有積雪，我不太想走在積雪的山路上。」

想起播磨山中的大雪，昌浩眉間擠出了更深的皺紋。

他遙望遠處，思念地回想著往事。

美麗但冷得令人恐懼的純白大雪，淹沒了所有一切。

在隨便一個閃失，不，即使沒有閃失也可能遇難的雪煙中，與夕霧和神祓眾的指導者切磋時，他差點死掉。

從堆滿軟雪的斜坡滑下來，被雪埋住時，他也差點死掉。

河川被積雪掩蓋，他不小心踩破，掉進凍死人也不稀奇的冷水裡時，他也差點死掉。

被白夜般的暴風雪侵襲，冷得幾乎睡著時，也差點死掉。

無論哪座冬天的雪山，都有「啊，差點死掉」的回憶做陪襯，數量多到算不清楚。

播磨的生活真的很充實，每天都是波濤洶湧，與死神比鄰。

沒辦法，因為昌浩太急了。如果有足夠的時間，他應該會想請他們手下留情。不過，即使時間夠長，他們也大有可能以同樣的方式對待他。

因為對神祇眾來說，抱定「我可不想死」的決心，是修行的基本。
所以螢才能鍛鍊到那麼強勁，昌浩由衷尊敬她。
為了避免傷到腳，昌浩放鬆肌肉，讓身體變得柔軟，再調整好呼吸，在黑暗中起跑。
目的地是守護京城北方的貴船山。他回來的事，必須先去通報坐鎮在那座靈山的銀白龍神。

全力疾馳的昌浩，最後還是跑累了，停下來。
貴船實在太遠了。
「還有多遠呢……」
仰望的天空陰霾沉鬱，沒有星星，也沒有月亮，卻有白色星星飛逝而過。
昌浩把兩手貼在嘴邊大叫：
「喂喂——！」
震耳欲聾的聲音劃破天際，飛逝而過的星星盤旋降落。
貌似星星的東西是天狗，他們會以星星的模樣在夜空翱翔。
「喲，這不是昌浩嗎？」
驚訝的聲音來自熟識的天狗颯峰。

翩然降落的颯峰，肩上帶著一隻小烏鴉。

那隻烏鴉歪著頭，眨眨眼說：

「啊，是昌浩，長大了，所以沒認出來。」

昌浩記得這隻小烏鴉的聲音，他不停點著頭說人類長得好快啊。

「你是疾風？」

「對。」小烏鴉開心地笑起來。「我們剛才去了實經那裡，我是坐在颯峰背上，一起從天空飛來的呢。」

昌浩瞪大了眼睛。颯峰得意地挺起胸膛告訴昌浩，他替疾風穿上了天狗的衣服，以免疾風被凍壞了。

三年不見的愛宕總領天狗的兒子，跟以前相比，說話像個少年了。

實經是藤原行成的兒子，因為某些機緣，與天狗的下任總領接觸了。

疾風都是以小烏鴉的模樣，出現在實經面前。實經恐怕會深信，今晚的事也是夢。

「這樣啊……」

昌浩覺得心情很複雜，但還是擠出了笑容。對他來說，天狗是好朋友，他們之間可以築起跨越種族的友誼。但他不知道身為普通人的實經，會不會有跟他同樣的想法。

颯峰察覺昌浩在想什麼，在面具下笑著說：

「不用擔心啦，昌浩。以人類來說，實經算是非常聰明，總有一天他會知道我們沒有敵意。」

然後，將來就會跟疾風產生跨越種族的友誼。這是颯峰的心願，但還是有幾個天狗，對人類這種生物不懷好意，所以短期內心願恐怕不可能實現。

颯峰並不急，因為有昌浩在，實經也還小，時間還很多。他深信時間這顆萬靈丹，可以療癒天狗的心。

停在颯峰肩上的疾風，忽然沮喪地垂下了頭。

「我想帶山茶花的樹枝回去給父親，可是……」

天狗們居住的異境之地愛宕鄉沒有花。可以把人界的花帶回去，但不論種樹、種花都不能生根發芽，大多會枯死。

成為總領天狗，就不能自由出入愛宕鄉了。因為鄉裡有天狗祭拜的國津神、猿田彥大神交付的東西，守護那個東西是總領天狗颶風的使命。

比較可以在人界與異境之間自由往來的疾風，每次都會帶小禮物回來給颶風。他原本期待，以前發現的雄偉的山茶花樹會開花，但不知道為什麼，那棵樹居然不見了。

失望的疾風說完後，颯峰又幫他做了補充說明。

「在那附近混的小妖們說，那棵樹幾天前突然枯萎，人類認為不吉利，就把那棵樹

連根拔起來了。」

「山茶花樹突然枯萎了？」

昌浩歪著頭思索，總覺得哪裡不對勁，好像聽過類似的事。

他想起種在播磨菅生鄉草庵門口的柊樹，也是突然失去了生氣。

颯峰嘆口氣應和他，又接著說：

「我想那就找其他樹木吧，沒想到椿樹、梅花樹也都沒開花，甚至快枯萎了。帶那種樹枝回去，也活不了幾天。」

小烏鴉沮喪地說這次就不帶禮物回去了。

昌浩的眼睛泛起憂慮的神色。

「是京城的哪些地方？」

「我也說不清是哪些地方，到處都看得到相同的景象。至於疾風大人想帶回去的山茶花樹，是在那邊。」

天狗指的地方是京城的某個角落，有連成線的橙色光點散佈各處。

昌浩張大了眼睛，心想那不是皇宮嗎？

「人類好像把那棟建築物稱為寢宮，那裡種了很多樹木，比在京城到處看節省很多時間。」

天狗說得很輕鬆，昌浩卻覺得頭很痛。怎麼偏偏去了寢宮呢？那裡是國家中樞，皇上所在處，可以讓天狗隨隨便便闖入嗎？

颯峰和疾風都沒有敵意，所以陰陽寮的人可能都沒有發現，可是有晴明在還發生這種事，問題就大了吧？

想到這裡，他猛然覺醒。

振作點啊，安倍昌浩。怎麼可以在剎那間寄望爺爺呢？爺爺安倍晴明是陰陽寮不共戴天的敵人啊。

小怪從昌浩的表情看出他在想什麼，頗有感觸地對他說：

「對、對，振作點，昌浩，晴明是敵人。記住，現在對你來說，聲名顯赫的大陰陽師安倍晴明，是絕對不能輸、絕對要打倒的敵人。為了陰陽寮的威信，你非擊敗晴明不可。」

小怪的台詞，光聽措詞好像很壯烈，語氣卻完全不是那回事。沒有抑揚頓挫的平板語調，聽起來就像拿著隨便拼湊起來的文章照本宣科。

昌浩狠狠瞪著它，它也一副無所謂的樣子，用後腳猛搔著脖子。

「怎麼了？好討厭的眼神喔，我只是替你說出你該說的話而已。」

「是沒錯啦。」

怎樣都不能釋懷的昌浩，臉上清楚寫著不滿兩個字。颯峰聽不懂他們在說什麼，在

面具下皺起了眉頭。

「昌浩，安倍晴明怎麼會變成你的敵人呢？他不是你祖父嗎？」

「一言難盡，人類社會太複雜了。」

「哦，我是不太清楚啦，辛苦你了。」

颯峰點點頭，把視線轉向東方。

「說到辛苦，天津神的後裔也很辛苦。」

昌浩轉過頭，看到他把手指向稀稀落落點著燈的地方。

「你看那裡，不是有間神社嗎？年幼的公主為了祈禱父親的病趕快好起來，寒冬也在河裡沐浴淨身呢。」

聽說在那間神社閉關了三天三夜，今天晚上才結束祈禱，啟程回家了。

小妖們議論紛紛，說祈禱結束的時間太晚，可能要找地方過夜。

停在颯峰肩上的小烏鴉，憂心地偏起了頭。

「咦？那一帶最有不好的氣沉澱呢。」疾風用翅膀托著臉說：「我記得沿途的柊樹都枯萎了吧？我聽父親說，驅邪除魔的東西，很可能反而變成引來妖魔鬼怪的東西，她不會有危險嗎？」

小怪眨眨眼睛，瞥了昌浩一眼。昌浩注視著神社的方位，臉色緊繃。

小怪哎呀呀地興嘆，聳起肩，甩了甩尾巴說：

「喂，勾陣。」

隱形的勾陣靜悄悄地現身。

「我去貴船，妳跟昌浩去神社……」

小怪的話還沒說完，昌浩已經衝出去了。

天狗呆呆地目送昌浩離去，小怪嘆口氣向他道歉說：

「對不起，颯峰、疾風，他實在太急了。」

「嗯，我不清楚怎麼回事，但應該是大事吧，那就沒辦法了。」

天狗了解昌浩的性格，所以沒有對昌浩的失禮感到生氣，也沒有深入追問原因。他知道昌浩這麼急，自然有他的道理。

「請轉告總領，我們改天會再去愛宕鄉拜訪。」

「知道了，變形怪大人、勾陣大人，告辭了。」

颯峰帶著疾風飛上天空，轉眼間化成火球揚長而去。

勾陣對小怪點個頭，咻地隱形了。

小怪感覺神氣瞬間遠離，嘆口氣，蹬地躍起，趕往應該已經知道所有事的貴船祭神所在的後殿。

◇　◇　◇

車輪嘎啦嘎啦作響。

妖車在黑暗中嘎啦嘎啦奔馳。

嘎啦嘎啦、嘎啦嘎啦。

心情莫名浮躁的妖車，往前奔馳。

◇　◇　◇

為了兼顧「方違⑭」而投宿的古寺，似乎很久沒人住了，空氣沉滯渾濁。

「公主，在這種地方過夜不太好吧……」

一個轎夫臉色發白地說。

庭院的樹木都枯萎了，掉落的葉子隨風飄舞，發出陰森森的聲響。

從轎子下來的女孩，看到頹圮的門與土牆，只是皺個眉、搖搖頭，就默默走進去了。

人數不多的隨從、侍女拿她沒轍，趕緊跟著進去。

她帶這麼少人來，是為了盡快趕回京城。

侍從們先進入寺內，確定沒有危險後，侍女們趕緊把堆滿灰塵的佛堂打掃乾淨、整理好。

完成這些工作，才請內親王脩子進入佛堂。

經過隨從與侍女們粗略打理過的佛堂，比想像中舒適。

老舊的榻榻米有點髒，侍女們鋪了外褂，讓脩子坐在外褂上。脩子覺得她們不必那麼做，可是不想增添她們的困擾，所以什麼也沒說。

其實脩子也知道，最好是在神社待到天亮。但她就是心急，想盡早回到自己在京城的住處。

隨從們在其他地方吃簡單的晚餐，脩子前面也擺著糯米飯糰，但她沒食慾，碰也沒碰。

她嘆口氣，喝了一口倒在木製容器裡的白開水。

只能防風的佛堂，似乎比她的體感溫度還冷，剛剛還冒著蒸汽的白開水已經變溫了。

人數越多，要做的準備越多，就會花更多時間。

這次來賀茂社，是為了做私人的祈禱，所以她不想勞師動眾。

她又嘆口氣，在膝上托著腮幫子。

「我只想要雲居她們陪我來啊……」

隨從真的只要有她們就夠了。這樣的話，就不用在這種地方過夜，現在已經回到她在京城的住處竹三条宮了。

然而，以前服侍母親、現在服侍脩子的資深侍女命婦⑮，堅持不可以那樣，安排了她自認為必要的人數。

而且沒有包括雲居。因為命婦不喜歡雲居，所以把她排除在外。

脩子並不討厭命婦，但命婦太崇拜母親，會下意識地把那種崇拜也硬塞給她。對母親的思念，脩子絕不輸給任何人，但命婦表現出來的情感，跟她內心的情感又不太一樣，所以很多時候無法溝通。

如果可以乾脆地討厭她就好辦多了，但即使這樣，脩子還是喜歡她。因為脩子清楚知道，她打從心底尊敬母親，直到現在都敬愛母親。

為了禦寒，脩子穿上縫有棉花的衣服，走到環繞佛堂的外廊。

古寺雖小，庭院卻很大。不過，已經荒廢，雜草叢生。枯萎傾倒的茶色雜草亂七八糟，不堪入目。

放任成長，沒經過修剪的庭院樹木也一樣雜亂。原來把庭院丟著不管，可以荒廢到這種程度呢，脩子有種另類的感動。

忽然，她發現外廊附近有棵枯萎的樹。

她蹲下來，伸手去摸樹枝。一碰到樹枝前端，失去水分的乾枯樹枝就啪嘰一聲斷裂了。

掉在樹根下的葉子很眼熟，形狀具有鋸齒般的特徵，是柊樹的葉子。還殘留著些許綠色的葉子，大量掉落在樹下。

彷彿剛才還長滿了茂密青翠的綠葉。

脩子歪著頭，眨了眨眼睛。

「柊樹不是常綠樹嗎？」

喃喃說著的脩子，聽見背後有人對她說：

「公主，妳在這裡啊？」

脩子蹲著越肩往後看。

「藤花。」

拿著蠟燭走向脩子的侍女，三年前春天從伊勢回到京城後，就一直在脩子身旁服侍她。

這名侍女是安倍家的親戚。脩子要去伊勢時，皇上認為有個年紀比較相近的女孩陪伴，可以撫慰她的心靈，所以這名侍女原本只是應皇上的要求，陪她去伊勢而已。

說是安倍家的親戚，仔細問才知道是晴明妻子那邊的遠親。晴明曾笑著說她是橘家的後裔，往上追溯，說不定跟公主也有關係呢。

脩子深信，一定有關係。因為現在的藤花，不論身材或面貌都像極了已故的母親。

長得這麼像，為什麼那麼崇拜母親的命婦沒有發現呢？脩子覺得很奇怪。可能是命婦真的、真的太崇拜母親，認定這世上長得像母親的女性，只有已故的阿姨們以及脩子和媄子。

記得雲居說過，人太過相信自己，看得見的東西也會看不見。這應該是原因之一吧。

事實上，脩子也有很長一段時間，都沒發現藤花長得像母親。

「夜風對身體不好，快進去吧。」

藤花用蠟燭照亮腳下，也在脩子旁邊蹲下來。

「妳在看什麼……？」

脩子默默指著枯萎的柊樹。藤花訝異地歪起頭，跟剛才的脩子一樣，觸摸乾枯的樹枝。光碰觸，樹枝就啪嘰一聲折斷了。

隨後響起的微弱聲響，是折斷的樹枝掉落在樹下大量落葉上的聲音。

咔吵聲響很快就聽不見了。

「公主，該就寢了。」

又被催促的脩子站起來時，聽見了什麼聲音。

咔吵。

脩子眨了眨眼睛。聽見的聲音似有似無，微弱到幾乎聽不見。

咔吵。咔吵。

不是樹枝掉落的聲音，是來自外廊底下的乾澀聲響。

咔吵。咔吵。咔吵。咔吵。——嘎吵。

是來自外廊木板下方的聲響。

嘎吵。嘎吵。嘎吵。嘎哩。嘎哩。嘎哩。嘎哩。

震動的感覺傳到木板、腳底。像是某種尖銳的東西在刨土，像是某種尖銳的東西在削木板。

心在胸口撲通撲通狂跳得好吵，恍如大鼓在耳邊敲打。呼吸好急促，手腳卻異常冰冷。

脩子知道不是因為天氣太冷。

嘎哩。嘎哩。嘎哩。嘎哩——鐺。

「……！」

大驚失色的藤花，無言地伸出手，抓住了脩子的手臂。她的手很細，把脩子拉過來的力氣卻大得驚人。

鐺。鐺。鐺。鐺。

脩子剛才站立的地方的外廊木板被戳破，木板碎片到處亂飛。

「唔……！」

緊緊抓著藤花的脩子，猛然往後退。

嘎啦嘎啦奔馳的妖車，覺得不對勁，車簾震動起來。

樹木不斷枯萎。

坐在車棚上的小妖們倒抽了一口氣。

種在路旁的柊樹，逐漸變色，葉子啪啦啪啦掉落，樹幹啪嘰啪嘰折斷傾倒。

漸漸地，可以看到蠕動的黑影在掉落的葉子、樹枝底下跳躍。

每跳躍一下，黑影就往外擴張。柊樹的樹根碰到黑影，就急速失去生氣、葉子掉落、樹枝折斷，令人難以相信剛才還蔥鬱茂盛。

被那麼震撼的景象嚇得啞然失言的小妖們，看到妖車揚起前後車簾，像是在激勵自己，也趕緊振作起來。

猛然回神才發現，跳躍的黑影是從很重要、很重要的那個女孩所在的神社擴散出來的。

「車，快啊！」

小妖們異口同聲地大叫起來，妖車間不容髮地回應它們：

《不用你們說！》

這時候，它有個感覺。

邊跳躍邊蠕動的黑影散發出恐怖的氣息，在某個地方捲起了濃得可怕的漩渦。它感

覺有個人，正如疾風般往那裡奔馳。
妖車不由得停下車輪。
為什麼呢？
明明是跟平時同樣的夜晚。
卻好像比平時多了一點點的恐懼。
只比平時多了一點點。
胸口莫名地浮躁，心靜不下來。
為什麼呢？
它不知道原因，也不知道這意味著什麼。
它的眼角發熱，視野漸漸變得模糊，無法控制。
「車！你在幹什麼啦！」
「不要停下來啊，笨蛋！」
「為什麼突然……車？」
氣沖沖地探出身子的小妖們，看到從鬼眼流出來的滂沱眼淚，都驚訝得說不出話來。
妖車強忍住淚水，啪唦搖晃前後車簾，然後像從被拉緊的弓弦射出來的弓箭般，全力往前衝刺。

為什麼呢？為什麼呢？
不知道，不知道。
然而，這顆心知道，非趕去那個地方不可。
到了那個地方，一定可以看到連做夢都會夢到的景象。

小怪的陰陽講座

⑭外出時，若目的地在犯沖的方位，可先往其他吉利的方位走，住一晚，再繞回原來的目的地。
⑮中級官位的侍女。

7

「唔——！」

好不容易擠出來的聲音，是不成聲的尖叫聲。

手上的蠟燭被撞飛，不知道掉在哪裡，火光熄滅了。

抱著脩子的藤花，早已習慣被稱為藤花，這時候不知道為什麼，卻突然想起被稱為藤花之外的名字的日子。

木板被鑿穿，碎木片飛散。黑影從那個洞跳出來，搖來晃去的模樣，很像在水底搖蕩的水草。

周圍的樹木應聲崩潰。黑影不斷擴大，掩沒那些樹，奪走了它們的生氣。

隨從也跟她們一樣受到攻擊，尖叫聲此起彼落。

黑影蔓延開來，藤花感覺在她懷裡的脩子嚇得屏住了氣息。

她必須保護脩子；她必須站起來；她必須逃跑。

心劇烈跳動著，腳卻動彈不得。不但不能動，全身還逐漸虛脫。

她覺得奇怪，低頭一看，腳踝在不覺中被黑影纏住了。

腰附近似乎有什麼東西往下滑落。黑影從背脊直直往上爬到脖子，她覺得頭腦發暈。

視野開始搖晃、被壓扁。只要閉上眼睛，這一切就結束了。

突然，橙色世界與黑夜重疊了，那是黃昏——逢魔時刻——的世界。

心狂跳不已。倘若，這是人生的終點，那麼，她想再見某人一面。

「唔……！」

就在嘴巴唸出那個名字時，眼前亮起了金色的五芒星。

「禁！」

破風響起的叫聲，伴隨著橫向揮掃的刀印，斬斷了黑影。

妖氣漩渦劇烈震盪，像巨大的球般膨脹起來。颳起狂風，枯葉飛揚，把沙土往上捲。吸光所有生氣的黑影，瘋狂地舞動，就快掩沒了整座古寺。

擋在眼前的瘦長身軀，高高舉起了雙手的武器。就在揮下武器的同時，神氣爆開了。

劇烈的爆炸貫穿了妖怪。如飛沫般四濺的妖怪碎片漫天亂舞，從中琅琅響起了陌生的強勁聲音。

「南無馬庫桑曼達、顯達馬卡洛夏達、塔拉塔坎！」

藤花拚命抬起使不上力的頭，定睛注視。

擋在她們與妖怪之間的高挑身影，有著寬闊的背部。

「你是誰……？」

嘶啞的詢問聲，被狂風吹散了。

「臨兵鬥者，皆陣列在前！」

高舉的刀印揮下來，龐大的靈力化為光刃，砍裂了還在苟延殘喘的妖氣漩渦。

蠕動的黑影被光刃與靈力攻擊，又被致命的神氣炸裂，消失得無影無蹤。

現場恢復寂靜。

風戛然而止，只剩下寒氣與夜氣的沉重感。

快斷裂的柱子勉強支撐著快倒塌的佛堂、外廊殘破不堪、庭院的枯葉與樹木被吹光成為空地。脩子奮力從藤花懷裡爬出來，茫然地看著這一切。

「公主，有沒有受傷？」

聽見近在咫尺的聲音，脩子緩緩抬起了視線。

金色五芒星的殘留光點，如雪片般飛舞，照亮了單腳跪下說話的人。

脩子眨了眨眼睛。她覺得很眼熟，很像她認識的某個人。

「陰陽師……」

聽見脩子的嘟囔聲，那個人像個孩子般，天真地笑了起來。

「是的，幸好趕上了。」

精神鬆懈，全身就虛脫了，幸好有雙手從背後撐住了差點倒下的脩子。

她還來不及回頭看，就聽見嘶啞顫抖的叫喚聲。

「……昌……浩……？」

脩子看見了。

被叫喚的他，瞬間露出快哭出來的眼神，但很快就抹消了。

他溫柔地笑起來，溫柔到有些悲戚。

「彰……藤花。」

脩子覺得他似乎吞下了原本要說的話，又重新說起。

回頭看藤花的脩子，看到透明的淚珠從她張大的眼睛滑落下來，覺得她那樣子好美，美得無法形容。

昌浩看著淚流滿面、說不出話來的藤花，又說了一次：

「幸好趕上了，太好了……太好了。」

可以保護妳，太好了。

「……！」

說不出話來的藤花，哭著要把手伸向他。

就在這時候，全力奔馳的妖車衝進來，把緊抓著車棚的小妖們用力甩了出去。

「小公主——！」

「藤花——！」

「妳們沒事吧？」

像瞄準了目標似的，正好摔進昌浩與脩子、藤花之間的三隻小妖，東搖西晃地站起來。

「唔，妖車那小子幹嘛……」

要抱怨妖車幹嘛橫衝直撞的猿鬼，驚訝地張大了嘴巴。

獨角鬼眨眨眼睛，爬上昌浩單腳跪下的那隻腳。

龍鬼在他四周骨碌骨碌繞圈子，再跳到他背上，從頭頂看他的臉。

過了好一會兒，小妖們才目光閃爍地大叫起來。

「昌浩……！」

淚眼汪汪的猿鬼撲上來，昌浩抱住它說：「好啦、好啦。」邊安撫抓著他的手臂嗚嗚哭泣的獨角鬼、攀在他頭上哭個不停的龍鬼，邊苦笑起來。

淚水滂沱的臉扭成一團的妖車，在他們背後哭得抽抽搭搭。

《主、主、主人！》

脩子好奇地看著被小妖們纏住的昌浩，忽然發現有位瘦瘦的女性蹲在她們旁邊，支撐著藤花。她有人類的外表，但耳朵形狀不一樣，是尖的。而且，穿著打扮也很奇特。

脩子認識這樣的人們，所以很快就斷定這位女性一定是自己人。

「……」

被撐住的藤花，默默注視著那位女性，然後再也忍不住似地，雙手掩面哭了起來。

這時候有聲音傳入了耳裡。

「已經沒事啦，藤花。」

藤花掩著臉，不停點著頭。

比記憶中低沉的聲音，聽起來很像陌生人的聲音。

然而，那的確是思念的昌浩的語調。

儘管帶點精悍的面貌、寬闊的背影、較高的視線，都跟她的記憶不一樣。

但他確實是彼此都還小時，曾許下約定要保護她的那個人。

◊　◊　◊

竹三条宮是三年前過世的皇后定子，度過最後人生的宮殿。

她辭世後，這座宮殿就被送給了內親王脩子。

父親皇上強烈希望能把她留在身邊，她卻一個人住進了這座宮殿，把敦康和媄子託給了中宮。

中宮彰子再三勸說脩子，一起住進飛香舍，但幼小的內親王堅持不肯。

這座宮殿到處都有母親活過的回憶，脩子希望活在這些回憶裡。

藤花聽著鳥叫聲，緩緩張開了眼睛。

已經到非起床不可的時間了。她必須趕快梳洗打扮，準備好用具，叫主人脩子起床。

藤花被安排的房間，在西對屋的一角，以平均來說，比其他侍女的房間大一些。侍女雲居的房間也在這裡。只有她們兩人住在西對屋，其他侍女和雜役的生活起居，都在別棟建築。

在使用帷幔、屏風做出隔間的主屋中，也是西對屋離脩子的床最近。

梳洗打扮完後，藤花走出了房間。

冬天的早晨冷徹骨髓，吐出來的氣都是白的。她對著很快就變冰冷的手指哈氣，邊取暖邊抬頭看天空。

淡淡的天空沒有半朵雲彩。

五天前，悄悄去賀茂齋院祈禱的內親王脩子，在為了兼顧「方違」而投宿的古寺，

遭妖怪攻擊，幸好陰陽師及時趕到，才能平安回到竹三条宮。

那天晚上擊退妖怪後，陰陽師安倍昌浩交代脩子和隨從們，盡快離開因打鬥而損毀的古寺。

侍女和隨從們雖然害怕得全身發抖，但還是覺得比待在那裡好多了。他們拿著火把摸黑趕路，在天亮前到達了宮殿。昌浩在門口跟他們道別了。

他們從那天起進入了三天的齋戒。

脩子不希望去茂賀齋院的事被公開，所以被妖怪襲擊而觸穢的人們，由私下召進宮殿的陰陽博士，替他們順利進行了淨身儀式。

從渡殿進入主屋寢殿的木門被悄悄拉開了。值夜班的侍女雲居端坐在屏風後面，視線與藤花一交接，便沉靜地笑了起來。

藤花向她行個禮，在脩子床前跪下來。

「公主，該起床了。」

藤花隔著床帳叫喚，沒多久就有了回應。

睡眼惺忪的脩子，掀起床帳，用手背揉著眼睛。

「早啊，藤花。」

脩子邊說邊打呵欠，藤花微笑著向她低頭行禮。

又是一天的開始，但今天有件不一樣的事。

她要出席年底、年初的宮中活動，所以要去闊別已久的皇宮。

洗完臉、換好衣服的脩子，擺出一張苦瓜臉。

「好無聊。」

「啊……？」

拿著梳子替脩子梳頭髮的藤花，不由得停下了手。

快九歲的脩子，頭髮留到腰間了。烏黑、亮麗、髮量多又筆直，非常漂亮。

「我很高興可以見到父親，可是命婦說不能帶藤花跟雲居去。我跟她說過，起碼讓我帶雲居去嘛。」

脩子鼓起雙頰，吊起了眉毛。

「命婦為什麼那麼討厭雲居呢？」

正在她們附近替脩子準備入宮衣服的雲居，盈盈笑著說：

「沒辦法，她覺得我來歷不明。」

「因為我有時候會叫妳風音嗎？」

扭頭這麼說的脩子，擔心地沉下了臉。

「我想應該不是那樣，公主不用擔心，沒事啦。」

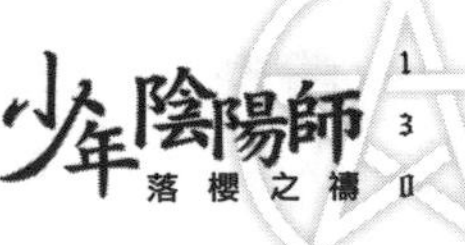

雲居是假名，真名是風音。

命婦討厭自己的理由，風音大致猜得到。有其他人在場時，她會表現出恭恭敬敬的樣子服侍脩子，但命婦看得出來，她的恭敬只是表面而已。

命婦無法原諒這樣的她。對只做表面功夫，絕不讓人知道她內心在想什麼的風音，命婦總是提高警覺防備。可能的話，她一定很想把風音跟脩子分開。

風音會那樣對待皇上的直系血脈脩子，那是因為她自己是神的女兒，身上流著神的血液。

在出雲國伊賦夜坂，隔開現世與黃泉的大磐石，就是風音的父親道反大神。

脩子是天照大御神的後裔，在這個國家，是地位最崇高的皇上的女兒，但是在神的女兒風音眼中，就跟遠親一樣。

神的後裔與神的女兒，哪個比較尊貴，每個人的感覺都不一樣。

對脩子來說，風音是什麼出身，沒有多大意義。風音就是保護脩子的人，沒有其他身分。

想得到權力的人的種種意圖，以及那之外的魔手，隨時都覬覦著脩子和皇上的血統。在這樣的處境中，對脩子來說，風音是非常可靠的人。

藤花對脩子也非常重要，只是意義又跟風音不一樣。

決定從伊勢回京城時，脩子很沮喪。藤花是脩子要去伊勢時，皇上擔心她會寂寞，特別召來陪她的女孩，並不是自願來服侍她的。

回京城後，藤花就會回安倍家，再也見不到面了。

脩子覺得很傷心、很寂寞，可是不想說任性的話讓藤花困擾，就隱瞞了這樣的心情。

回京城的日子決定時，脩子寫信給父皇，說她要回竹三条宮，不回皇宮了。她也把這件事告訴了擔心她的齋宮恭子公主和晴明。

決定後，藤花竟然自己對她說，希望回京城後也能當侍女服侍她。

脩子答應了，但她命令藤花，不論誰怎麼說都不能入宮、不能去可能會見到皇上的地方、不能見殿上人。

藤花和想不透為什麼的晴明，都非常驚訝，但脩子就是堅持不讓步。

因為藤花長得很像脩子的母親定子，所以脩子怕父親見到藤花會一見鍾情。殿上人見到藤花，也可能發現藤花長得很像定子，把這件事告訴父親。入宮就更不用說了。

脩子非常清楚，父親很愛母親。母親過世後，聽說父親愛上很像母親的阿姨，她的心情沉重得難以言喻。

知道阿姨懷孕時，脩子心中暗想，一開始就那樣命令藤花是對的。

其實，每次入宮時，她都很希望藤花陪她去。她絕不討厭命婦，但宮裡的悲傷記憶比較多，已經夠難過了，服侍過母親的命婦，又老是懷念地說起以前的事，只會讓她更難受。

脩子在藤花身上看到了定子的身影，所以，她怕藤花被父親搶走。

「公主，該準備出發了。」

命婦與其他侍女來了。藤花收起梳子和鏡子，向雲居行個禮退下了。命婦等她走後，在脩子前面跪坐下來。

「公主，以後請不要再微服私行去賀茂的齋院了。」

脩子把嘴巴緊緊抿成一條線，心想果然來了，她就知道會被嘮叨。

「我是去向神祈禱，讓父親趕快好起來，齋王也很歡迎我呢。」

「公主再遇到前幾天那麼可怕的事，命婦我的心臟可會受不了。」

原本準備了很多話反駁的脩子，看到命婦那麼真誠，一句也說不出來。

「放心吧……」

她撇開視線，只擠出了這句話。

命婦吊起眉梢說：

「我怎麼可能放心呢。」

「真的，因為陰陽師……」

說到這裡，脩子眨眨眼睛，想到了一個好主意。

命婦滿臉疑惑，盯著眼睛閃閃發亮的脩子。

脩子又對她說了一次：

「放心吧，不會再發生妳擔心的那種事了，一定不會。」

載著脩子的轎子出發後，竹三条宮頓時安靜下來。

應該是侍女和隨從走了一半的關係，但原因好像又不只那樣。

年幼的脩子是這座宮殿的主人。主人不在的宅院，飄蕩著欠缺什麼的空虛感。每次她進宮不在時，藤花就會這麼覺得。

藤花的工作是照顧脩子的生活起居，所以脩子不在，她就沒事可做。這種時候，大多的侍女會回老家，但藤花不能那麼做。

雲居也是，但她有她的事要做，所以有空時，她經常不見蹤影。

入夜後，小妖們可能會來玩。在那之前先看看書吧，還有偶爾讓房間通通風。

她這麼想，拉開了房間的板窗，再把竹簾放下來，稍微減弱吹進來的風。

然後把屏風排起來擋風，把炭放進火盆裡烤火取暖。拉開板窗後，透過竹簾照進來的陽光很舒服。

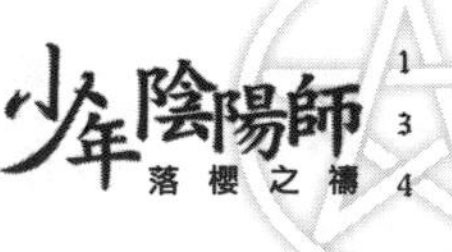

漫不經心眺望著庭院的藤花，看到那裡有個人影，瞪大了眼睛。

「昌浩……」

穿著直衣、戴著烏紗帽，四處張望的年輕人，正向這裡走來。看起來不像是沒有目的地隨便走，而是不知道該怎麼走。他的肩膀上，有隻令人懷念的白色異形。

藤花覺得好像隔著竹簾，跟他四目交會了，臉忽然紅了起來，心開始狂跳起來。她不由得別開視線，用袖子摀住了嘴巴。

「我……我是怎麼了……」

五天前重逢時，她高興得說不出話來，淚水流個不停，不知如何是好。

回竹三条宮的路上，她跟脩子一起坐在轎子裡，所以只能眼睜睜看著送她們到門前的昌浩離去。

心情穩定下來後，她很後悔沒有跟昌浩說話。

想在下次重逢時告訴他的事很多。明明有說不完的話，卻什麼都沒說。

回家後，看到跟陰陽博士安倍成親一起來的昌浩，藤花不知道為什麼不敢從屏風後面出來，也不敢跟他說話。

淨身儀式結束後，成親和昌浩跟命婦、總管閒聊了一會兒。風音勸她去跟昌浩說說話，她也很想去，卻口是心非地說命婦交代她做一些事，退回了房間。就這樣，錯過了

去寢殿的機會。正苦惱著該怎麼辦時，就聽到其他侍女說昌浩他們已經離開了。

聽說昌浩走了，藤花沮喪到不知所措。唯一的救贖是，風音看到她那麼消沉，對她說昌浩有留言改天會再來。

「……」

藤花摸著竹簾，看著在庭院裡東張西望的昌浩。坐在肩上的小怪，敏捷地跳下來，搖著尾巴抬起頭，不知道在跟昌浩說什麼。昌浩邊回應它，邊把視線轉向了這邊。

藤花的心震盪起來。她想起以前，看過好幾次相同的光景。

然而，她卻怎麼也不能像以前那樣，毫無顧慮地招呼他們。出聲招呼他們，他們一定會同時轉過身來，叫喚自己的名字，然後向她跑過來。

就像以前那樣。

或許是她的大腦知道那是昌浩，但身材、面貌都跟她的記憶中不一樣，所以讓她有些退縮吧？

昌浩手上抱著幾根樹枝，上面長滿青翠的綠葉。藤花定睛仔細看，發現葉子的邊緣是鋸齒狀。

「柊樹……？」

她這麼喃喃自語，就看到昌浩停下腳步，緩緩望向了她這邊。

在感覺四目交會的瞬間，她的心狂跳起來，無法呼吸。

疑惑地偏起頭的昌浩，不太有自信地開口說：

「在那裡的是藤花嗎？」

那個聲音低沉又陌生。說話的語調沒變，聽起來的感覺卻不一樣，使她的心跳沒來由地加快。

「啊……」

她發不出聲音，也不知道該說什麼。為什麼會這麼慌張呢？這樣下去，昌浩會覺得她很奇怪，可是要說什麼呢？再不趕快回話，昌浩會以為認錯人，就那樣離開了。

她越想就越說不出話來。

「對不起，認錯人……」

昌浩正要道歉時，在他腳下的小怪半瞇起眼睛，晃晃耳朵說：

「不，你沒認錯。喂，藤花！」

看到小怪用後腳站起來，對著自己啪噠啪噠揮手，藤花啞然失笑。這麼一笑，終於可以順暢地呼吸了。

「小怪……昌浩。」

昌浩鬆口氣，往她這邊走過來。

藤花覺得他看起來好耀眼，應該是因為以冬天來說太過強烈的陽光吧？

但她還是認為自己大有問題。

為什麼叫喚小怪那麼自然，叫喚昌浩卻需要一點勇氣呢？

竹三条宮庭院裡的柊樹也開始枯萎了。

昌浩上次來這座宮殿時，發現這種情形，為了預防萬一，就帶來了全新的柊樹樹枝。

他知道有風音在這裡，沒必要這麼做，可是又覺得有總比沒有好。

他帶著足夠放在脩子附近和藤花那裡的樹枝來拜訪，才發現宅院裡的侍女隨從人數只剩一半。留下來的侍女都忙著做自己的事，他不能請她們帶路，只好取得她們的許可，自己走進庭院。

除了柊樹外，他也想確認其他樹木的狀況。

昌浩知道脩子入宮不在家，但藤花在家，所以察覺視線時，就認為是她。

她從三年前的春天，就在這座宮殿當侍女服侍脩子，這件事昌浩也知道。

是從她的來信知道的。理由是想陪在失去母親的脩子身旁，很像她的為人。

後來昌浩才聽神將們說，其實她決定那麼做，還有其他理由。

由於某些因素，藤花被寄放在安倍家。事實上，她的名字不是藤花。起初是成親為

了隱瞞她的真名，替她取的臨時名字，卻不知不覺傳開了。

知道她真正身世的安倍家的人，決定把那個假名當成真名。從伊勢回到京城後，從來沒有人叫過她的真名。

「公主進宮了，這些就先放在藤花這裡吧，可以驅邪除魔。」

取得許可，走上外廊的昌浩，把柊樹樹枝拿給竹簾後的藤花看。

「嗯，也可以分給其他侍女嗎？」

經歷過那個恐怖夜晚的侍女和隨從們，拿到驅邪除魔的柊樹樹枝，一定會很開心也很安心。

「當然可以。啊，既然這樣，我應該多帶一點來。」

昌浩泰然自若地笑著說改天再帶來。然後，為了謹慎起見，他先確認四周有沒有人才開口問：

「聽說妳在茂賀的齋院待了三天？」

「是啊，陪公主去的。」

藤花猜到擔心的昌浩想說什麼，瞇起眼睛，把手伸進了衣襟裡。

「這是雲居借我的。她要我隨身攜帶，說可以維持七天。」

放在她手上的是綁著皮帶的紅瑪瑙勾玉。

昌浩眨眨眼睛，注視著勾玉。因為隔著竹簾，有點看不清楚。

藤花把竹簾稍微拉起來，讓皺著眉頭唸唸有詞的昌浩看清楚。

「可以借我一下嗎？」

昌浩從她手中拿起勾玉。

藤花身上被埋入了詛咒。只要有陰陽師在她身旁，封鎖詛咒，就不會造成任何傷害。但封鎖的力量一消失，詛咒就會爆發，讓她非常痛苦，不久後還會禍及周遭人。

竹三条宮沒有陰陽師，但有風音在。

藤花希望能服侍脩子時，最大的問題就是如何封鎖詛咒。風音聽說這件事，主動接下了這個任務，藤花才能住進竹三条宮。若沒有風音，藤花現在就不可能待在這裡。

除了安倍家的陰陽師與風音外，知道她被下詛咒的人，只有她的父親。

「……」

注視著勾玉的昌浩，腦中閃過其他事情。

前幾天他才聽說，藤花的父親想把她移送到其他地方，再派一個會保守祕密的陰陽師去那裡。

告訴他這件事的人，是差點被選中的成親。

——那時我真的很煩惱，畢竟我雙肩上扛著岳父的地位與所有一切。

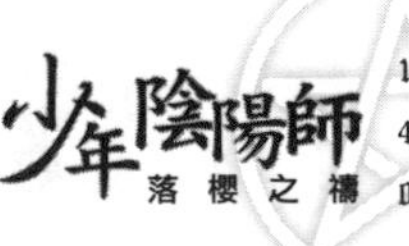

事後要找多少理由都有得找。藤花的父親最先採取的行動，就是決定陰陽師。安倍家族的陰陽師安倍成親，有個當參議的藤原家族的岳父，是最適合的人選，即使每天去拜訪某個貴族，也不會被懷疑。

成親深深地嘆口氣，說自己可以升上陰陽博士這個位子，應該是這件事也被考慮進去了。

「昌浩？勾玉怎麼了嗎……」

從竹簾後面傳來不安的聲音，昌浩搖搖頭說：

「沒有，只是覺得很厲害，裡面注入了強烈的靈力和法術，可以暫時撐一段時間，這樣我就放心了。」

這是肺腑之言。

即使祖父不在她身邊，即使自己不在她身邊，也沒關係。

有風音在她身邊，竭盡全力守護著她。有這樣的護身符，詛咒就傷害不了她。

小怪爬到對屋的屋頂上，有意無意地聽著昌浩與藤花的對話，他們很久沒有這樣交談了。

像隻貓般蜷曲起來，把下巴放在交叉的兩隻前腳上、閉上眼睛的它，發現旁邊有股

神氣降臨。

它豎起那邊的耳朵，張開了一隻眼睛。

沒穿侍女衣服的風音，一身方便行動的輕鬆裝扮，在小怪旁邊坐下來。

「騰蛇，好久不見了。」

「嗨。」

簡短回應的小怪，把視線轉移到風音的背後，披著深色靈布的同袍就無聲無息地現身了。

「好久不見，六合。」

整整三年不見的同袍，個性沉默寡言，依舊只是無言地點了個頭。對壽命長到幾乎等於不死的十二神將，短短三年就像不久前的事。不會像昌浩與藤花那樣，激動到說不出話來，一句話就問候完了。

把視線從同袍身上拉回到風音身上後，小怪正襟危坐地說：

「樹木是從什麼時候開始枯萎的？」

「氣的枯竭是最近開始比較明顯，除此之外，也發生了很多不好的事。」

從皇后定子過世之前持續到現在。

小怪嚴肅地瞇起眼睛，仰望晴朗的天空。

好幾年前，雨下個不停，攪亂龍脈，引發了地震。接著是乾旱、傳染病的流行，死亡在天照後裔與相關的人之間擴散。

然後，氣開始枯竭，皇上龍體欠安，天照大御神的分身脩子，從賀茂齋院回來時，也在顧及「方違」而投宿的古寺遭到攻擊。

繼承當今皇上血脈的孩子，在媄子之後，完全沒有誕生。即使懷了胎，也生不下來，在生產前就母子雙亡了。

「皇宮裡的左近櫻快死了。」

聽風音這麼說，小怪皺起了眉頭。

「櫻花樹會帶來春天，春天不來，就不會開花。」

不會開花，就不會結果。不會結果，緊接而來的就是飢餓。

樹木在枯萎。氣的枯竭在蔓延。櫻花樹快死了。

樹木枯萎，死亡就會逼近。所有一切都環環相扣。

「我已經盡力不讓枯萎進入京城了。」風音唉聲嘆氣，聳聳肩說：「光靠我一個人，快撐不下去了，幸好昌浩回來了。」

聽到她說一個人，小怪的眼皮微微顫動。

沉默了一會兒後，小怪冷靜地問：

「晴明老到不能動了嗎？」
風音沒有回答。六合也是。
隱形待在小怪旁邊的勾陣現身了。
他們已經回到安倍家，但一直沒有時間跟晴明詳談。
隨著時間流逝，外表樣貌難免會變老，這點他們可以理解。他們覺得晴明的皺紋增加了。原本就沒什麼肉的臉頰，看起來更消瘦了。動作好像也比記憶中遲緩了一些，真的只是一些。
不過，看著他們的眼神，讓他們深信他還是充滿了活力。
「那傢伙從以前就很懶得動，討厭處理麻煩的事吧？」
勾陣強裝鎮定這麼說，小怪也甩甩尾巴附和她。
「他只是用老當藉口，把不想做的事推給年輕人吧？」
那傢伙可是安倍晴明呢。
難免有這麼點任性。向來都是這樣。
他們看著他直到現在，不會不知道這種事。
他們看著他直到現在，所以會這麼想。
小怪、紅蓮、勾陣都是。

他們不後悔決定陪在昌浩身旁、保護昌浩。留在播磨，有什麼萬一時，他們可以徹底保護昌浩。

身為安倍晴明的式神，他們卻離開崗位，決定保護安倍晴明認定的唯一接班人。

這是他們自己決定的事，他們絕不後悔。

然而，不後悔卻有冀望也是事實。

他們冀望可以不要離開，看著晴明。看著他怎麼過生活、看著他在想什麼、看著他老去的樣子、看著他剩餘的日子。

他們想親眼看著他，就像守護著昌浩那樣，守護著晴明。

心只有一顆，身體也只有一個。哪邊都無法選，但不得不選一邊。

離開晴明，跟隨昌浩，是紅蓮自己的決定。與昌浩同行，留在播磨，是勾陣自己的決定。

所以小怪喃喃說道：

「我們已經回來了，今後他不用客氣，統統丟給孫子做就行啦。」

8

不管家人或神將們怎麼想，安倍晴明本人還是一樣每天進宮，承接貴族們的委託案。順利在除夕辦完驅鬼儀式，趕走京城百鬼，皇上與貴族都覺得輕鬆多了。

俗話說病由心生。他們的不安與恐懼，都以身體不適呈現出來。淨化他們的心，比殲滅妖魔鬼怪容易多了。

這幾天，晴明都是強調這種說法，堵住了神將們的嘴。

小怪和勾陣當然深刻期盼，可以看著晴明。然而，其他同袍可以做到他們想做的事，卻不見得有跟他們一樣熱切的意願。

連日來，只有靈視能力的人才聽得見的怒吼聲不斷。怒吼聲所說的每一件事，都在在說明了理想與現實的差距。

怒吼聲的主人是十二神將青龍。怒吼內容都是晴明逞強時，他一定會說的種種台詞。這種事天天上演，沒聽到他的怒吼聲反而覺得奇怪。

晴明正在看陰陽寮送來的信。青龍從剛才就嘮嘮叨叨說著一堆老掉牙的話，晴明暫時不理他，逕自看著信。

寄信人是陰陽頭。不過，背後是晴明的兩個兒子，陰陽頭只是把名字借給他們使用。陰陽寮向晴明挑戰，是在去年陰曆十二月上旬。很快過了一個多月，不覺中，對方要求舉辦的猜謎比賽就在明天了。

陰陽頭送來的信，說穿了，就是把挑戰書的內容，做了更詳細的說明。指定時間是未時。地點是紫宸殿。現場觀眾有皇上、與皇室相關的貴族們、仰賴晴明的左大臣等所有殿上人，陣容非常浩大。

為了講求公平，用來猜謎的三個唐櫃⑯，是由皇上身旁的侍從準備。晴明和陰陽寮陣營，都不知道裡面是什麼。

皇上、中宮還有左大臣，把各自準備的東西放進唐櫃裡，再由侍從把箱子緊密地封起來。而且設想周到，連封箱的侍從都不知道三人準備的東西是什麼。

負責唐櫃猜謎的人是陰陽助、天文博士與陰陽博士。陰陽頭不親自出馬，是皇上下的指示。皇上擔心若陰陽寮陣營敗北，威信與面子會被徹底擊潰，造成無法挽回的局面。

當今皇上雖然重用晴明，但絕不是不信任陰陽寮。只是他從小依賴的老人晴明，比較能安撫他的心靈。

這一個月來，晴明幾乎沒有跟默默生氣的吉昌說過話。他只是不甘願先低頭，所以沒採取任何行動而已。但看在旁人眼裡，就像是徹底撕破了臉。露樹對丈夫與公公這樣

的態度十分苦惱，晴明覺得很對不起她。

自從她嫁給吉昌後，就很照顧這個家。晴明的妻子若菜，在吉昌很小的時候就過世了，沒有女人的家，長久以來都很冷清。

露樹嫁進來後，晴明和吉昌才深刻感受到，有女人持家是多麼重要的事，遠超過他們的想像。

沒想到這件事鬧到最後，居然成為把昌浩從播磨叫回來的關鍵，人生真的很難預測。

把晴明罵到狗血淋頭的青龍，看晴明毫無反應，撂下狠話就回異界了。這也成了每天的例行公事。

「日子過得真快呢。」

看著信，晴明嗯嗯點著頭。在他旁邊的十二神將玄武和太陰，臉色沉重，摀著耳朵。

晴明看到一直閉著眼睛的兩人，慢慢張開了一隻眼睛，就把信放下來，從耳朵拿出了揉成一團的紙。

「晴明……你……」

「太過分了吧……」

晴明知道怒吼聲快來了，就在青龍出現前，趕快把耳朵塞起來。小孩子外表的兩名神將，啞然無言地看著這樣的主人。

眼神深沉的晴明開口說：

「我不是不了解宵藍的心情。」

「既然了解，為什麼不能多少聽聽他說的話？」

「連我們都有點同情青龍了。」

聽到兩人充滿責難的語氣，晴明皺起了眉頭。

「你們在說什麼啊？也關心一下每天被宵藍罵到臭頭的老人的身體嘛，他可以少說幾句吧？」

對吧？他用視線詢問。十二神將天一出現在他的視線前，眼神複雜，面露微笑。接著，朱雀在跪坐的她身旁現身。他拿下背上的大刀，讓大刀消失，邊在天一身旁坐下來，邊嘆著氣說：

「請不要說為難天一的話，晴明。只要你乖乖聽話，青龍就不會罵你，吉昌和吉平也不會跟你吵架，把陰陽寮都捲進來了。我的天貴也不會露出這麼悲傷的表情。」

聽到「所以，萬惡的根源，毫無疑問就是你」的結論，晴明拉下了臉。

連式神十二神將都這麼說，不是很悲哀嗎？

朱雀合抱雙臂，又順口問了一句：

「明天的猜謎比賽，你打算怎麼做？」

「什麼怎麼做？」

不懂他在說什麼的晴明反問。

玄武和太陰你一言我一語地接著說：

「你當然會故意輸給陰陽寮吧？」

「為了給吉平他們面子，即使你輸了，貴族們也能理解吧？」

聽到神將們這麼說，晴明張大了眼睛。扭頭一看，天一和朱雀也猛點著頭表示贊同。

晴明拿起矮桌上的扇子，輕拍一下手掌，響起砰的清脆聲音。

「別說笑了，我幹嘛要對陰陽寮手下留情呢？」

在場的四名十二神將，都難以置信地倒抽了一口氣。

「咦？」

太陰不由得大叫。玄武跳起來。天一用袖子遮住嘴巴。朱雀猛眨眼睛。

每個人的反應都不一樣，但同樣都是對晴明的想法感到驚訝。

晴明用扇子啪唏啪唏拍著肩膀，瞇起了眼睛。

「自己說有點不好意思，我安倍晴明雖然年過八十，但還沒喪失氣力和膽量。」

話中沒加上體力，是因為他自己也覺得體力真的衰退了。

「我可沒想過要輸給那幾個毛頭小子。」

神將們看著剛毅果決的晴明，心想：

這個蠢蛋是來真的。

他們雖不是青龍，但類似或根本就是青龍會說的話，閃過他們的腦海。

「等等，晴明，哪個世界有宣佈全力對付自己兒子的父親呢？」

玄武氣得吊起了眉梢，晴明卻滿臉不在乎。

「呵呵呵，這裡就有啊。很稀奇吧？看仔細點。」

晴明毫無愧色地笑著，說得斬釘截鐵。神將們覺得，再說什麼都沒用了。

朱雀和天一、玄武和太陰，面面相覷。

太陰不由得同情起陰陽寮的所有官員。晴明的表情就像發現玩具的小孩。認真向他挑戰的陰陽寮陣營，想必是抱定了必死的決心，而敵對的晴明卻把這件事當成了樂趣。

「喂，你也太過分了吧？」

像孩子般尖銳的聲音，說出微帶驚訝的台詞，介入了他們。

神將們轉移視線，看到半瞇著眼睛的小怪，正打開木門往裡面瞧。

宛如從夕陽擷取的紅色眼睛，訝異地看著晴明。

一溜煙鑽進來的小怪，在晴明旁邊坐下來，斜睨著他說：

「我還以為你不會真的想擊敗他們，所以沒把比賽放在心上，原來是我太天真了。」

小怪發出嘆息，晴明粗魯地撫摸著它的頭。沒有肉、骨瘦如柴的手，比它想像中溫暖多了。

雖然已經過完年，春天來了，夜晚還是會冷。房間裡當然備有火盆，但比點燃火盆還溫暖，因為火將朱雀默默釋放著神氣。

「怎麼這麼晚才回來呢？紅蓮。」

申時就敲過工作結束的鐘聲了，然而，過了很久，到了酉時半，兒子和孫子還是沒有回來。

現在應該是戌時了。入夜後，點燃燈台的也是朱雀的火。

晴明什麼都不用說，神將們就會知道他想做什麼，早一步採取行動。這是很令人感動的事，但並不是一開始就這樣。剛收他們為式神時，比較會彼此鬥來鬥去。

莫名湧現懷念之情，晴明微微笑了起來。

「怎麼了？」

發現他在笑，小怪好奇地發問。

晴明把眼睛瞇得更細了。

「沒什麼，只是想起以前的事。」

小怪剛剛才跟吉昌、昌浩一起回到家。

跟晴明所想的一樣，結束正規業務是在酉時。那麼之後都在做什麼呢？據小怪說，是所有陰陽寮官員，為了明天的猜謎比賽，一起做特訓。

「哦？」

老人瞪大了眼睛，小怪用前腳抓著臉頰說：

「真想讓你聽聽他們的吶喊。」

「吶喊……？」

老人滿臉驚訝，小怪很親切地為他做了說明。

陰陽寮的官員們，現在正燃燒著熊熊鬥志。

他們都非常、非常尊敬晴明，但尊敬與比賽是兩回事。為了陰陽寮的尊嚴，他們非贏得比賽不可。

——諸位，我們絕不能退卻！

——再厲害的大陰陽師，也跟我們一樣是人！

——沒錯！

——敵人越強大，越能燃起我們的鬥志！

——沒錯！

——為了陰陽寮的面子，我們要討伐宿敵！

——沒錯！

——打倒安倍晴明！

——喔……！

小怪遙望遠處，臉上堆著看似充滿憐愛的笑容。

「你真有本事，可以讓陰陽寮的所有官員團結起來，提升他們的士氣。」

「喂、喂，我什麼都沒做啊。」

「有人說大敵當前，再怎麼樣的烏合之眾也會團結起來，是真的呢。」

老人粗暴地撫摸小怪的頭說：

「誰是宿敵啊？誰啊？」

聽到這句話，神將們都欲言又止地看著不禁拉下臉來的晴明。

以現狀來看，他就是宿敵，這是事實。

小怪甩甩尾巴說：

「昌浩和吉昌都很疲憊了，他們說為了明天的比賽要早點睡。他們要保持最佳狀態，明天一大早就出門，所以就跟你在南殿的戰場見了。」

「戰場?!」

「唉，你真的很行呢，晴明，敢跟陰陽寮全面對決，不愧是大陰陽師。」

「少挖苦我。真是的，每個人都一樣……」

事情越來越白熱化，越鬧越大了。

老人嘆口氣說：

「幹嘛這麼擔心我呢。」

這是晴明毫不虛假的真心話。

陰陽師會占卜，替他人看壽命和命運。卻會無意識地自我克制，不要替自己或與自己親近的人看。

晴明知道自己的壽命，很早以前就有了覺悟，但他沒告訴家人是什麼時候。

神將們都有預感。不用明白地告訴他們，他們也能感覺得到。所以青龍才會表現出那樣的態度，這點晴明也知道。

但晴明怕自己的行動跟以前不一樣，家人就會察覺什麼。然後他們一定會想，是不是時間快到了？產生悲傷、寂寞、早知道該為他多做些什麼的荒誕無稽的情緒。

晴明不想讓他們變成那樣。

「吉平他們也一樣吧？」

明白晴明心意的小怪，喃喃說著。晴明回應它說：「應該是吧。」

除了安倍家的人，一定沒有人知道吧？孩子們也是想藉由這次的猜謎比賽，向父親

展現自己有多大的決心。

「所以，你也早點睡吧。」

告誡似地叮囑後，小怪從座位站起來。它來這裡，就是為了替意氣用事的兒子與孫子傳達這些話。

「嗯，晚安，紅蓮。」

笑得像個好爺爺的老人扭頭說，小怪對他點了個頭。

啊，他真的瘦了呢，小怪這麼覺得，有點感傷。

◇　◇　◇

陰曆一月的天空，萬里無雲，寒冷中給人清爽的感覺。

今晚是滿月。接到十萬火急的信，從播磨趕回京城，轉眼已經一個月了。

剛回來時十七歲的昌浩，過完年已經十八歲了。

忙得暈頭轉向，時間就過得很快。

昌浩多了一歲，其他人當然也都多了一歲，祖父晴明今年八十四歲了。

說起來，算是長壽。通常，八十歲不到就會渡過那條河了。祖父這麼長命，可能是因

為身上流著妖怪的血。但即使流著妖怪的血，年紀大了，昌浩還是希望他乖乖待在家裡。

而且祈望他能更、更健康。

「為了這個祈望也要打倒狐狸……！」

昌浩握緊拳頭嘶吼，小怪半瞇起眼睛回他說：

「你的志願跟你說的話，怎麼差那麼遠？」

「當然，因為爺爺是我們的敵人。」

絕對不能同情敵人。

小怪搖頭嘆息。就只有今天，陰陽寮的官員們，看晴明的眼神，要說有多兇狠就有多兇狠。他們口口聲聲稱他為敵人，斜睨著他。這是平時無法想像的事。

宛如戰場的南殿所瀰漫的異常士氣，更過度助長了那種氛圍。

比賽場地在南殿，陰陽寮的人和安倍晴明都到了。

殿上人也都到齊了，只等皇家的人駕臨了。

架在紫宸殿正前方的大台子，上面鋪著白布，擺著八隻腳的大桌子。

快到未時的時候，晴明走在最前面，跟陰陽助、天文博士、陰陽博十三人一起出現了。他們默默走到台上，坐下來。

「來了……！」

不知道誰先發出的低嚷聲，像漣漪般逐漸擴散開來。

陰陽寮的官員們，站在來觀戰的殿上人的更後面。

以他們的身分，不能進入南庭。這次是皇上特別恩准，他們才能進來。

左近櫻與右近橘前都鋪著毛氈，很多殿上排排坐在並排的摺凳上。座位的排列，不管從左邊或右邊都可以看見晴明等四人。無數雙眼睛盯著他們的一舉一動，絕不可能動手腳。

沒多久，殿上人全都跪下叩拜，寮官們也跟著低下頭。

響起衣服摩擦聲，皇上、內親王、親王、皇后出來了。

皇后坐在竹簾後面，皇上坐在更高的台子上的椅子上。

未時的鐘聲莊嚴地響徹天際。

一個侍從走向前，高聲宣佈：

「藏人所陰陽師安倍晴明，與陰陽寮代表的猜謎比賽，正式開始。」

貴族們抬起了頭，寮官們屏住了氣息。

「這裡有三個唐櫃，參賽者不能打開蓋子看，要猜裡面是什麼，由先猜對兩次的一方獲勝。」

侍從稍作停頓後，又補上一句：

「請在皇上御前，堂堂正正地發揮自己的才能。」

台上的陰陽師們，默默俯首叩拜。
隨從們把第一個唐櫃放到八腳桌上。
「比賽開始！」
晴明與陰陽助安倍吉平同時站起來。

◇　◇　◇

走到對屋外廊的藤花，遙望皇宮的方向。
她房間裡的書桌上，擺著全新的柊樹樹枝，是前天昌浩送來的。
昌浩說猜謎比賽是今天。他握緊拳頭，說無論如何都要贏。
雖說只剩一半，還是有侍女、雜役留在這座宮殿，所以藤花是隔著竹簾與昌浩交談。
若是以前，她會覺得竹簾很礙眼，現在卻慶幸這樣可以不用直接跟他面對面。
她不是不想見到昌浩，只是被直接看見臉，會覺得很難為情。昌浩一定想不到，自己滿腦子想著這些事吧？
如果知道，說不定會很煩惱，以為自己做了什麼被討厭的事。絕對不是那樣，可是藤花沒有自信解釋清楚。

為什麼心跳會這麼快呢？在知道原因之前，她希望可以躲在竹簾後面。安倍晴明與陰陽寮的猜謎比賽，如果晴明贏了，陰陽寮就會喪失威信，如果陰陽寮贏了，安倍晴明的名聲就會蒙上陰影。

不管哪邊贏，都會種下禍根。

藤花雙手交握，輕輕閉上眼睛祈禱。

「神啊……」

希望是雙方都可以接受的結果。

◇　◇　◇

小怪的陰陽講座

⑯附蓋子、有四或六隻腳的箱子，用來放衣服、書籍、雜物等。

9

限定時間是兩刻鐘，晴明和陰陽寮陣營都一樣。

他們面對第一個唐櫃，探索裡面的東西。

可以靠近唐櫃，仔細端詳，但嚴禁碰觸，稍微碰到都不行。

聽到這個規定，晴明的長子吉平，有那麼一瞬間，真的這麼想：父親年紀大了，說不定會站不穩，手碰到唐櫃，這樣比賽不就馬上結束了嗎？

晴明看到兒子雙眼發直，好像在打什麼鬼主意，感覺不太尋常，就悄悄往後退，遠離唐櫃。這樣萬一不小心絆倒，手也只會碰到台子，不會碰到唐櫃。

吉平看到父親那樣的行動，很明顯地懊惱咂舌。

「你呀……」

晴明發覺自己的猜測沒錯，不禁啞然失言。

吉平狠狠瞪著父親說：

「什麼話都不用說，父親，很抱歉，為了我們的尊嚴，現在這裡是戰場，而您是我們要全力擊敗的敵人。」

老人眨了眨眼睛，心想這是兒子第一次正面頂撞他吧？

注視著吉平好一會兒的晴明，半晌後淡淡地笑了。

「說得好，可別忘了這句話喔，陰陽助。」

晴明的語氣又冰又冷。不只吉平，連在台上等著出場的天文博士、陰陽博士，背脊都掠過一陣寒顫。

強烈的後悔很快襲向他們，但無路可退了。決戰的序幕已經拉開，既然起跑了，就要跑到最後才能停下來。

在南庭承明門前排排站的陰陽寮官員們，看著晴明和吉平的背影，吞下了口水。

雖然看不見他們是怎麼樣的表情，但看得出來，不只陰陽助，連天文博士、陰陽博士的背部都很緊繃。他們的緊張也傳到了寮官們這裡。

現場的壓迫感，讓人覺得年過八十的老人，依舊是壓倒性的存在，即使陰陽寮的所有官員團結起來也贏不過他。

那就是大陰陽師的神髓吧。

晴明成為藏人所陰陽師後，不必再每天進宮。能看到他毫不保留地展現實力的人，一年比一年少了。

對年輕寮官們來說，安倍晴明已經等於傳說了。現在，那個傳說正要在他們眼前展

現真正的實力。

年輕的天文生喃喃冒出了一句話。

「或許有失體態，但我想說……」

他附近的人，此刻都把視線集中在他身上。天文生漲紅著臉，眼神百感交集，笑了起來。

「可以這樣親眼看見晴明大人的實力，我有點開心呢……」

當然，他們都不希望陰陽寮輸掉比賽。但全力發動攻擊，晴明就會全力反擊。所以，以學習陰陽道為志的人，會覺得可以待在現場，是很幸運的事。

天文生說的這些話，陰陽生也都聽見了。

「說得沒錯……」

這麼低聲嘟囔的是敏次。

儘管高舉打倒晴明的旗幟，心底深處卻還是埋藏著對大陰陽師的憧憬。

向安倍晴明挑戰的人，是傳承他的血脈的兒子和孫子。躬逢這種盛大舞台的機會，這輩子恐怕沒有第二次了。

寮官們注視著台上，連眼睛都捨不得眨。台上的比賽，是比夢幻還要夢幻的現實。

在這樣的狀況下，昌浩別有一番感慨。

祖父的背影，看起來比他記憶中小了很多，父親和伯父的背影也是。

離開將近三年，昌浩成長了。能夠長得比自己的期望更高大，他非常開心。然而，自己的成長，也代表著原本看起來比自己高大的人逐漸老去。

這樣的事實悄然打擊著昌浩的心。

昌浩握緊了拳頭。注視著他的小怪，知道他在想什麼，而且說不定比他更了解那種心情。

它邊看著把嘴巴抿成一條線的昌浩，邊在心裡喃喃說道：

昌浩啊，這就是你以後要走的路。

「……」

小怪身輕如燕地跳躍起來，跳到昌浩肩上，昌浩把視線轉向了它。它的尾巴拍著昌浩的背，眼睛盯著晴明他們的背影。

昌浩也把視線從小怪轉向祖父他們，猛然眨了一下眼睛。

在初春的這個時候，左近櫻差不多該結花蕾了，向四面八方伸展的樹枝卻看不到任何花蕾。

風音透過小怪傳達的話，閃過昌浩腦海。

——皇宮裡的左近櫻快死了。

櫻花樹會帶來春天，春天不來，就不會開花。
不會開花，就不會結果。不會結果，緊接而來的就是飢餓。
樹木在枯萎。氣的枯竭在蔓延。櫻花樹快死了。
樹木枯萎，死亡就會逼近。所有一切都環環相扣。
那麼，怎麼做才能讓那棵樹活過來呢？
「時間到了。」
昌浩被琅琅響起的聲音喚醒，把視線轉向台上。
站在紫宸殿階梯下面的侍從，交互看著晴明與吉平。
「唐櫃裡是什麼？請作答。」
沒有決定由誰先作答。剎那間，晴明與吉平互看了一眼。
侍從看著兩名啞然無語的陰陽師，疑惑地說：
「任何一方都可以說出猜到的東西啊，不必客氣。」
晴明搶得先機，晚一步的吉平扼腕不已。
向前一步的晴明，視線依序掃過左右排開的殿上人、紫宸殿的皇上。
就在他要開口作答時，陰陽博士站起來了。
「請等一下。」

所有人的視線都落在他身上。

安倍成親向侍從提出了建議。

「口頭作答，很可能被懷疑是仿效先作答的人。」

他從懷裡拿出幾張紙和攜帶用的筆盒。

「最好把猜到的東西寫在紙上，再請侍從大人唸出來。」

突然有人這樣提議，侍從猶豫地望向皇上。

「就這麼做吧。」

皇上威嚴地點點頭，隨從立刻跑上台，接過紙、筆。

晴明瞇起眼睛說：

「成親，你沒有在紙張動手腳吧？」

「我又不是爺爺，才不會那麼做呢。」

成親瀟灑地回應，抿嘴一笑。

晴明愉快地瞇起了眼睛。

昌浩聽著他們的唇槍舌劍，冒出了一身冷汗。雙方的答案都還沒公佈，對心臟非常不好。

從隨從手上接過紙筆的晴明與吉平，寫上猜到的東西，交給侍從。

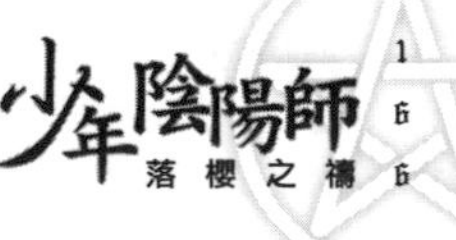

侍從先讀晴明寫的紙。

「裡面是龍笛。」

在場所有人都注視著唐櫃。

侍從接著把視線移到吉平寫的紙上。

「裡面……一樣是龍笛。」

現場歡呼聲四起。

既然答案一樣，就只要確定對、錯了。

在侍從的命令下，兩名隨從一起打開了唐櫃。

一個人解開綁住唐櫃的線繩，另一個人輕輕打開蓋子，把被包在紫色布裡的東西拿出來。

布掀開來，裡面的確是龍笛。

現場響起更熱烈的歡呼聲。

靜靜坐著的皇上，也興奮地站了起來。

「猜得好，不愧是陰陽師。」

那把龍笛是皇上的。他看到侍從為選擇比賽用的東西傷透腦筋，就說他自己來選，把小時候吹的龍笛用絲綢包起來，交給了侍從。

晴明和吉平都正確猜到了皇上親自選擇的東西。

第一場打成平手。

極度緊張的吉平解脫後，擦擦額頭的汗，走下台。

新的唐櫃被搬到台上，這次換天文博士安倍吉昌站起來。

「父親，覺悟吧。」

面對次子鬥志高昂的眼神，晴明揚起了嘴角。

吉昌有種不祥的預感。

對手是安倍晴明，必須全力迎戰。

吉昌調整呼吸，凝視著第二個唐櫃。

平凡無奇的唐櫃，被線繩五花大綁，靠眼睛看不見裡面的東西。

吉昌閉上眼睛，聚精會神，用右手結印，唸誦真言。

「……諾波阿拉坦諾……」

陰陽寮的寮官們，都清楚聽見唸誦真言的微弱聲音。

他們都很吃驚。安倍吉昌是天文博士，在他們記憶中，從來沒看過他使用陰陽術。

那是透視術。

以前，昌浩用過同樣的咒文找人。他都會用了，父親當然也會用。

閉著眼睛唸完咒文的吉昌，在隨從給的紙上，毫不猶豫地寫了文字。

晴明瞥他一眼，再望向唐櫃，把右手藏進袖子裡。

昌浩眨眨眼睛，屏住了呼吸。他有種直覺。搞不清楚是哪一類的直覺，但確實感覺到什麼。

晴明在紙上寫完字後，對隨從說了什麼才交出紙張。隨從點點頭，把紙張交給侍從時，邊跟侍從竊竊私語。

侍從比對兩張紙，微微張大了眼睛。殿上人看到他的表情，騷動起來。

吞著口水等待結果的寮官們，緊張地屏息凝氣。

侍從開口了，先唸吉昌寫的答案。

「裡面是圓形年糕。」

吉昌默然點著頭。注視著他的昌浩，經由眼角餘光，瞄到坐在紫宸殿的左大臣滿意地眯起了眼睛。

第二個唐櫃裡的東西，是左大臣選的。

看他的表情，吉昌應該猜對了。

昌浩才剛鬆口氣，視線就被晴明的臉吸過去了。

晴明轉向左大臣的那張臉，嘴角微微笑著。

昌浩的心狂跳起來，覺得大有問題。

侍從唸出了第二張紙的答案。

「裡面是……十五隻黃鶯。」殿上人一片嘩然。

晴明與吉昌的答案不一樣，有一方是錯的，會是哪一邊呢？

侍從困惑地看左大臣一眼。道長滿臉錯愕，注視著晴明。從他蠕動的嘴形可以看出，他在嘴裡唸著：「你說什麼啊。」

皇上下令：「打開蓋子。」

隨從慌忙解開繩子，打開蓋子。

霎時，飛出了無數隻黃鶯。

「怎麼可能……！」

吉昌驚愕地叫出聲來。他透視唐櫃，看到的是方木盤上擺著十五個圓形年糕。他確認過很多次，絕對不會錯。

在他們頭上盤旋的黃鶯，整整有十五隻，發出告知春天來臨的甜美歌聲，起舞般飛翔著。

「你居然來這招啊，晴明……」

坐在渡殿的左大臣感嘆地笑了。

他的確叫人準備了圓形年糕，蓋上蓋子前還確認過，吉昌的答案沒錯。

但晴明等吉昌寫完答案後，把右手藏進了袖子裡。

昌浩不由得欠身向前，吊起了眉梢。

「這麼做太狡猾了……！」

晴明聽到昌浩的抗議，從容不迫地轉過頭：

「我哪裡狡猾了？我只是猜中唐櫃裡的東西而已啊。」

昌浩怒火中燒，猛然衝向說得理直氣壯的祖父，兩旁的寮官慌忙從背後倒剪他的雙手拉住他。

「昌浩大人，冷靜！」

「晴明大人說得沒錯！」

被阻攔的昌浩，氣得肩膀發抖。

吉昌正確猜出了裡面的東西，祖父卻用法術改變了裡面的東西。

答案本身被改變了，即使用透視也沒辦法猜中啊。

被敏次和陰陽生們拖到門邊的昌浩，邊低聲咒罵邊跺腳。

「那隻老狐狸……！」

真是可恨的敵人。一般妖怪也沒他那麼兇狠，他的性格比以前交過手的妖魔鬼怪都

惡劣。

「我絕不能輸給那個爺爺……！」

那麼做雖狡猾，卻一點都不卑鄙。

晴明是發揮陰陽師的才能，堂堂正正進行了比賽。

再怎麼抗議，都沒辦法顛覆晴明猜對、吉昌猜錯的結論。第二場比賽由晴明獲勝。

這麼一來，陰陽寮就是一平手、一敗，下一場若不能擊敗晴明，陰陽寮就輸定了。

寮官們臉色蒼白地盯著台上。

第三個挑戰的人，是陰陽博士安倍成親。

晴明遊刃有餘地瞇起眼睛說：

「來，開始吧，成親。」

成親嚴肅地盯著祖父，默默站起來。

第三個唐櫃被搬上來了。

裡面是什麼呢？

成親思考沒多久，就搖搖頭放棄了。不管裡面是什麼，都沒多大意義。現在做透視，

如果又被施加改變的法術，一樣會輸。

他盯著唐櫃，開始想辦法。

該怎麼做才好呢？能不能猜中裡面的東西已經不重要了，如何超越祖父，才是勝敗的關鍵。

成親悄悄瞥祖父一眼，把嘴巴撇成了ㄟ字形。

晴明泰然自若。

正面攻擊贏不了他。

「請問可以給我一些時間嗎？」

成親舉手詢問侍從。他以為不會被允許，沒想到侍從答應了。

晴明也大大方方地允諾了。

「真氣人……」

成親邊走下台邊低聲嘟囔。晴明那個模樣，就像在對他說不管你怎麼做都沒有用，讓成親更加不悅。

被陰陽生包圍的昌浩，全身散發出憤怒的氛圍。成親走下台，向他招手。

昌浩過了一會兒才看到，忿忿地跑向成親。

「哥哥，該怎麼辦？」

雙臂合抱胸前的成親嘆口氣，對齜牙咧嘴的昌浩說：

「是啊，該怎麼辦呢？」

「咦？」

昌浩目瞪口呆，成親遙望遠處說：

「沒辦法啊，不管我說裡面是什麼，爺爺都會隨自己高興亂變吧？既然這樣，再做無謂的抗拒也沒意義。以我的法術，根本動不了爺爺。」

「怎麼會！」

昌浩不由得大叫，成親用力按住他的肩膀，輕聲對他說：

「所以，昌浩，你來對付爺爺。」

一時之間，昌浩聽不懂他在說什麼。

「啊……？」

「我已經知道裡面是什麼，但直接寫出來，正中爺爺下懷。」

所以，成親要昌浩在晴明施加法術後，再施加一次改變的法術。

意想不到的出奇反擊，讓昌浩驚訝得說不出話來。

成親對瞠目而視的昌浩狡詐地笑著，眼睛閃閃發光。

「聽著，昌浩，這樣下去陰陽寮會輸。絕不能讓這種事發生。你要幫我，讓我看看你在播磨修行的成果。」

成親和昌浩同時轉移了視線。
敵人是安倍晴明。不管使用什麼方法，都不能輸給他。
而且，絕對要超越他，是烙印在昌浩心中的目標。
不能在這種時候輸給他。總有一天要超越他，現在就算贏不了，也不能輸。
聽著兩兄弟對話的小怪，舉起一隻前腳說：
「昌浩啊。」
昌浩低頭看它，它淡淡地說：
「不必贏他……但不能輸。」
「……」
成親在啞然無語的昌浩耳邊竊竊私語，說完後輕輕點個頭。
昌浩先瞄晴明一眼，再用力點頭回應成親。
目送成親走回台上後，昌浩做了個深呼吸。
晴明瞥昌浩一眼，微微笑著轉向唐櫃。
侍從開口了。
「雙方請作答。」
成親接過隨從給的紙，寫下答案。晴明等他寫完後，又把右手藏進袖子裡。

那隻手可能是在結印，昌浩也在袖子裡結起同樣的印。

「諾波阿拉坦諾……」

昌浩探索唐櫃裡的東西。

如成親所說，裡面是櫻花色的漂亮外褂。

晴明一定會把那件外褂變成什麼。

低著頭的晴明，把手伸出來了。表示結印完成了。

他拿起紙，寫下答案。

昌浩用法術透視唐櫃，看到外褂變成了開花的櫻花樹枝。

成親說答案要寫花，現在晴明把外褂變成了開花的樹枝，寫花也沒錯。

不過，晴明應該會寫得更清楚。

所以該怎麼做呢？

大哥望著昌浩的視線，有著絕對的信任。昌浩感覺他把一切都託付給了自己，用力地咬住了嘴唇。

該怎麼做呢？

「——」

剎那間，左近櫻閃過昌浩的視野。

垂死的櫻花樹。美麗的櫻花色外褂。開花的櫻花樹枝。花、就用花。

成親寫完的紙，還在隨從手上。

昌浩退到寮官們後面，保持一段距離。

在這個地方施法，一定不會被任何人聽見。

「謹請製作——」

昌浩把刀印按在嘴上，閉上了眼睛。

侍從先公佈了晴明的答案。

「裡面是櫻花樹枝。」

全場嘩然。所有人都相信，晴明的答案絕對不會錯。

成親面不改色地聽著這個答案。他能做的事都做了，接下來就看昌浩了。

他不用轉頭看，也知道昌浩傾注了全力。

「啊，他變強了呢。」成親微微一笑。不用看也能感受他唸咒文時的言靈深度，以及釋放出來的靈力波動。

拿起另一張紙的侍從，覺得紙好像有點發燙，疑惑地偏起了頭。

他重振精神再看那張紙，感覺比剛才看時多了幾個字，又困惑地皺起眉頭。

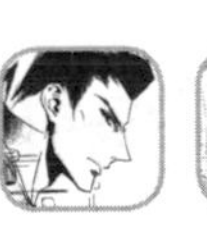

但他想一定是剛才看錯了，又振作起精神，唸出陰陽博士的答案。

「裡面是花……」

接下來的文字歪七扭八，很難辨識，侍從瞇起眼睛看。

「……花……飛雪？」

昌浩在寮官們後面擊掌拍手。

「懇求遠古諸神，欣然允諾。」

垂死的樹木。遲遲不來的春天。不結的花蕾。

他要的是櫻花。掌管者是女神。

「恭請木花開耶姬降臨……！」

隨從們拆開唐櫃的繩子，打開了蓋子。

然後，在場的人全都看見了。

無數的花瓣捲起漩渦，從唐櫃裡飛出來。

所有人都看呆了。

是櫻花。

飛舞的花瓣漫天飄揚。

宛如被硬塞進了唐櫃般，櫻花的花瓣噴出來捲起漩渦。

乘風飛揚的櫻花，數量成千上萬，強勁的威勢只能以飛雪來形容。

每個人都看得出神，啞然失言。

那景象美得無法形容。紫宸殿的這個南庭，已經兩年沒見過櫻花飛舞了。

垂死的櫻花樹顫抖起來。飄舞的花瓣像是在鼓勵左近櫻，捲起漩渦躍動著。

淡粉紅色的花瓣從唐櫃爆出來，紛飛飄落，左近櫻也逐漸冒出了原本一個也沒結的花蕾。

向四面八方伸展的樹枝，結出一個又一個的花蕾，悄然、緩慢地綻放。

有靈視能力的人都看得到，有個美麗的女子，穿著長長的衣服，降落在左近櫻最高的地方。

女子翻騰的衣服，跟飄舞的花瓣同樣顏色，全身纏繞著閃耀的亮片，長髮飛揚，搖晃著手中的櫻花樹枝，跳起美麗的舞蹈。

讓氣已枯竭的櫻花樹活過來的花之女神，看著召喚自己降臨的陰陽師，把手中的樹枝指向南方。

美麗的臉龐浮現厲色。

昌浩追逐她的視線，微微察覺有蠢動的黑影。

飄舞的花瓣逐漸消失。

被比夢幻還要夢幻的光景深深吸引的殿上人們，在最後的花瓣飄落消失的瞬間，猛然清醒過來。

現場一陣騷動。

侍從高高舉起了陰陽博士寫著答案的那張紙。

「唐櫃裡面是花飛雪！」

仔細一看，紙中央寫著一個花字，邊緣潦草地寫著兩個歪七扭八的字。潦草到不仔細看，還真看不出來是什麼字。

那很像是其他人硬寫上去的，但交到侍從手中的紙張，除了侍從之外，沒有其他人碰過。

隨從確認唐櫃裡的東西，看到一件外褂整整齊齊疊放在裡面。

第三個唐櫃裡的東西，是中宮彰子準備的。她感嘆櫻花沒開，心想至少衣服是櫻花色也好，特別做了這件全新的外褂。

在竹簾內看的彰子，有些困擾地笑了起來。

「顏色不見了……」

變成那樣，只能當冰襲⑰穿了。老實說，彰子很喜歡這件外褂呢。

不過，那場花飛雪實在太美了，讓她的心情大好。

在彰子附近看比賽的脩子，直盯著獨自遠離群眾站在寮官後面的昌浩。

安倍晴明、陰陽頭、陰陽助們，都為父親和左大臣交代的事而忙碌。脩子也希望有事發生時，有陰陽師可以隨時協助她。

她站起來，從屏風後面走到父親旁邊。

「父親。」

出神地看著美麗景象的皇上，被女兒拉扯衣袖，眨了眨眼睛說：

「怎麼了？」

「我有個要求。」

清澄的烏黑眼眸直視著皇上。

兩人交談的內容，被侍從公佈結果的聲音蓋過了。

「這次比賽平手！」

三回合的比賽，雙方都是一平手、一勝、一敗。

最後一個唐櫃，裡面是一件櫻花色的外褂。晴明把外褂變成櫻花樹枝，在紙上寫下了答案。

而成親寫的是花飛雪，還展現給全場觀眾欣賞。

所以，第三個唐櫃裝的是花飛雪，晴明猜錯了。
陰陽寮的官員們，都跳起來齊聲歡呼。
與安倍晴明的比賽，以平手收場。
雖沒獲勝，但也沒敗北，保住了陰陽寮的面子，也守住了安倍晴明的名聲。
大陰陽師與陰陽寮的全力對決，以皆大歡喜的結局，圓滿落幕了。

小怪的陰陽講座

⑰和服的外層與裡層的顏色搭配稱為「襲色」，種類繁多，譬如春天的「櫻襲」是外層白色，裡層紅紫色，而冬天的「冰襲」是外層白色有光澤，裡層也是白色但無花樣。

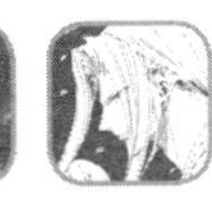

10

左近櫻確實快死了，氣都枯竭了。

氣會循環，該循環到左近櫻的氣卻停滯了。

妖車在滿月的月光中奔馳。

昌浩掀起前車簾，指著前方。飄浮在車輪中央的鬼臉，神采煥發地回應。

「車之輔，直直往前！」

《是！》

車之輔真的真的很開心，笑得好熱情。

《在下不知道有多期盼這麼一天呢……！》

打開車窗看著外面的小怪，甩了甩耳朵。它清楚看見從鬼眼冒出一粒淚珠，四處飛濺。

《我要載著主人，在京城的路上盡情奔馳。只要主人呼喚，我就會依主人的要求轉動車輪往前進……！》

妖車滔滔不絕地說著，鬼眼淚如泉湧。

《在下……在下一直等著這一天，等得一日如三秋……》

小怪嗯嗯點著頭，拍拍激動得不斷抽泣的車之輔的車體。

效忠昌浩的式，一心一意等待主人歸來的心情，深深感動了小怪。

而那個被如此傾慕的主人昌浩，正抓著立桿保持平衡，直瞪著白天降臨南庭的木花開耶姬所指示的方向。

風音說櫻花樹會帶來春天。昌浩原本以為垂死的櫻花樹再也不能喚來春天，連木魂神都離開了，今後只會枯萎而死。

沒想到木花開耶姬並沒有放棄那棵樹。

昌浩請來那位女神，是為了讓唐櫃裡的櫻花變成花飛雪。依昌浩的請求，女神應該在唐櫃降臨。

木花開耶姬卻違反昌浩的請求，降臨在左近櫻，還正顏厲色地指向南方。

想告訴昌浩什麼的女神，看起來很生氣。

可見前方有什麼惹惱神的東西。

昌浩搭乘車之輔奔馳，就是為了確認是什麼東西。

從車窗爬上車棚的小怪，環視周遭，憂慮地皺起了眉頭。

樹木枯萎了。散佈道路兩旁的柊樹無一倖免，葉子都掉了，樹枝悲慘地折斷。更嚴

重的，還從樹幹中央附近彎曲。

不只柊樹，還有梅花樹、繡線菊、椿樹、山茶花樹。隨四季變遷，讓路人賞心悅目的樹木，都變成慘不忍睹的模樣。

前幾天，小怪和昌浩回京城時，這些樹木都還充滿生氣，蒼鬱茂密。

才一個多月就變成這樣，究竟發生了什麼事？

昌浩想起前幾天在賀茂古寺攻擊脩子等人的黑影。難道是同樣的東西，在這附近出現了？

如果是，那又是什麼呢？

「小怪，前面……」昌浩的聲音緊繃。

小怪低聲回應：「嗯。」

前方飄蕩的妖氣，與襲擊古寺的黑影散發出來的妖氣一樣。

昌浩發現車之輔嚇得縮起了車體，但還是往前跑，就叫它停下來。

車停了，昌浩走下來，繞到飄浮著鬼臉的車輪那邊。

「接下來我跟小怪去就行了，你在這裡等。」

車之輔跳起來，發出嘎噹巨響，抖動著車子。

《那怎麼可以！在下要跟主人一起去！》

昌浩對語氣激動的車之輔搖搖頭，露出孩子般的笑容說：

「我很高興。」

昌浩以溫柔的手勢撫摸車輪，平靜地說：

《啊……？》

「車之輔在說什麼，我全聽懂了，所以很高興。」

他真的很想聽車之輔說更多、更多的話，說什麼都好。

長久以來，他都聽不見車之輔的聲音。妖車在說什麼話，他都要透過小怪或小妖們翻譯才知道，這件事令他非常懊喪。

第一次聽到車之輔的聲音是在夢殿。夢殿是死者、神及妖怪棲息的世界。

在夢裡才能進入夢殿。在夢殿聽見的聲音，很可能只是夢。不知道從什麼時候開始，昌浩就這麼認為。所以他有點擔心，回到現世後，還是會跟以前一樣，聽不見妖車的聲音。

聽見妖車衝進古寺時聲淚俱下的清晰聲音，昌浩開心極了。

啊，聽見了呢。他聽得懂車之輔的話了。他一直希望哪天可以聽得見，這一天終於到來了。

「所以，你鬧也沒用，車之輔，我統統聽得見了。我要你聽我的話，乖乖在這裡等。」

昌浩斬釘截鐵地說完，車之輔就撲簌撲簌掉下了眼淚。

《嗚嗚嗚……主人說的話好殘酷……！》

對式來說，幫得上忙是無上的喜悅，昌浩卻叫它什麼都不要做，等著就好。

小怪坐著嘆口氣，對車體不停抖動的車之輔說：

「昌浩是擔心你會做出危險的事。」

車之輔目瞪口呆，小怪甩甩耳朵看著它。昌浩抓住小怪的脖子，把它拎到自己的視線高度，半瞇起眼睛說：

「小怪，不要多嘴。」

「是不是多嘴，由我決定，不是你。」

昌浩拉下臉，沉默不語。小怪用尾巴拍拍他的手，前腳指向前方說：

「往那邊走吧。」

車之輔待命的地方，是從巨椋池更往南走的森林入口。

他們直直往南走。有滿月的月光照射，光線相當明亮。但還是沒有白天那麼亮，所以昌浩對自己施加了暗視術。

昌浩邊走邊輕輕拍打狩衣的胸口附近，確認掛在脖子上的東西在不在。

那是香袋和道反勾玉。這兩樣東西，他向來隨身攜帶。

自從失去原有的靈視能力，就必須靠這個勾玉來彌補。沒有這個勾玉，昌浩就看不見妖魔鬼怪。他也可以靠眼睛之外的感覺來辨識妖怪，但難免會先仰賴眼睛，反應就會

比較慢，增加危險性。

香袋可以避邪。薰香具有驅邪除魔的力量。香袋裡的薰香已經舊了，幾乎沒有香味了，但昌浩不想換成其他薰香。

走在昌浩旁邊的小怪，忽然停下來，表情嚴肅地說：

「這是什麼……」

昌浩也察覺了。穿著草鞋的腳底，不時產生冰冷的抽痛。

住在播磨時，都是穿草鞋。他很喜歡那種腳被草鞋吸住的感覺，也學會了製作方法。只要有稻草，想做幾雙都行。

在播磨將近三年的生活，除了靈術、武術外，也增加了不少知識。有很多都是只待在京城可能得不到的東西。

小心前進、注意周遭動靜的昌浩，察覺迎面而來的風含帶妖氣，全身起了雞皮疙瘩。

「小怪……」

他低聲叫喚的聲音有些僵硬。

降低身體重心的小怪，默默點著頭，邊一步步確認安全性邊往前走。

冰冷的感覺不停沿著背脊往上爬，腰間附近卻正好相反，好像有什麼熱熱的東西往下脫落。

一陣風吹過脖子，昌浩覺得頭暈目眩。

他猛然抓住身旁的樹幹，卻又湧現彷彿體溫從那裡流失的恐懼感，慌忙把手縮回來。有種被從樹幹吸向樹根的感覺。

腳底的抽痛，轉為劇痛，強烈撞擊皮膚。

昌浩踩過還是綠色的落葉，從枯萎的樹叢鑽出來，看到一棵令人傻眼的碩大櫻花巨樹。

他不由得屏住了氣息，在他旁邊的小怪也發出了驚嘆聲。

「天哪……」

這是種在皇宮南庭的左近櫻的母樹。

在黃昏結束三回合比賽時，負責照顧櫻與橘的近衛府人員告訴昌浩，那棵櫻花樹是使用插枝法，不是由種子發芽長出來的。

他猜不透木花開耶姬所指的方向有什麼東西，但聽說櫻花的枝條來自那裡，大大震撼了他的心。

以前，昌浩聽祖父說過。

樹這種植物，依種類不同，全都各自相連。各自的木魂神緊緊相繫，同種類出什麼事，就會相互感染。

櫻花樹尤其有這樣的傾向。

左近櫻快死了。

那麼，只有南殿的這棵櫻花樹快死了嗎？

那棵樹不是由種子發芽長出來的，有母樹在某個地方。氣的循環會從母樹傳到子樹，所以真正垂死的不是左近櫻，而是……

「昌浩，你看。」

巨樹的樹枝向四方伸展，茂密的樹枝結滿了花蕾。

在滿月下，數不清的花蕾，看起來宛如即將從樹枝凋落的木魂神碎片。

這棵樹快死了。

昌浩有這樣的直覺，屏住了氣息。

明明結了這麼多的花蕾，這棵樹卻快死了。因為氣是在結滿花蕾的狀態下枯竭，開始腐朽了。

為什麼會這樣？

注視著巨樹的昌浩，發現好幾丈粗的樹幹根部，有抖動的黑影。

他驚訝地定睛凝視，以為自己看錯了。

恐怖的感覺在腳下窸窸窣窣滿地爬。同樣的感覺，似乎從櫻花根部沿著腳底往上爬，昌浩下意識地倒退。

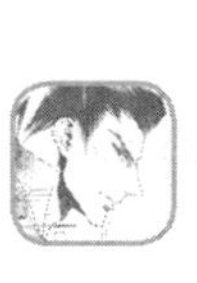

盯著櫻花根部的小怪，豎起全身的毛，發出嘶吼聲。

昌浩像被聲音推了一把，猛然向後退。

「快退後！」

他剛才站的地方，響起啵叩啵叩的聲音，從土裡冒出無數的樹根。

蜿蜒起伏，前端在半空中亂抓的樹根，爬過地面，追逐獵物。

後面也響起土的飛濺聲，向旁邊翻滾的昌浩，聽見尖銳的聲響掠過頭頂。

他與小怪邊閃躲冒出來的樹根，邊尋找扎刺肌膚的妖氣來源。

沒多久，小怪把夕陽色的眼睛睜得斗大。

「這些樹根……！」

知道小怪要說什麼的昌浩也啞然失言。

以為是樹根的東西，並不是樹根。仔細看，那些黑影是由看起來像黑色櫻花花瓣的碎片聚集起來的。

而且每片碎片都是一張臉。

碎片般的小臉緊緊黏在櫻花樹根上。那些臉邊發出不成聲的嘶吼，邊吸食櫻花樹的氣。

昌浩不寒而慄。由無數張小臉聚集起來的黑影，不停地鑽動，是會奪走樹木與生物生氣的變形怪。

這種東西猖獗橫行，氣不可能循環。氣停滯了，就會枯竭。氣枯竭了，樹就會枯萎。樹枯萎了，該由花帶來的季節也不會來，氣候就會異常。

是從何時開始的？季節是從何時變得奇怪了？是從雨下不停的時候嗎？還是從發生乾旱的時候？花是從何時不開了？樹木是從何時枯萎了？

昌浩沒注意到。就在這些看不見的地方，發生了什麼事。

樹木哆哆嗦嗦地抖動起來，引發昌浩的錯覺，彷彿看見巨大的櫻花樹痛苦掙扎，發出了垂死的慘叫聲。

「小怪，這些黑色的東西可以交給你嗎？」

昌浩問得太突然，小怪瞪大了眼睛。

「啊?!」

「被這些東西黏住，櫻花樹會死掉。我要救櫻花樹，所以拜託你對付那些東西。」

昌浩一說完，就畫出五芒星，在櫻花樹周圍佈下了結界。

小怪只能從外面看著圍住櫻花樹與昌浩的結界，獨自背對變形怪蠢蠢欲動的氣息，嘆了一口氣。

「你呀，老是把麻煩事統統推給我。」

越來越像晴明了。

在心中嘀咕的小怪，甩個頭，變回了本性。

就在修長身影顯現的同時，噴出了灼熱的鬥氣。

變形怪的黑影包圍紅蓮，逐漸縮短距離逼近他。密密麻麻黏在土裡的樹根上的黑影，一個個跳出地面，如高浪般往上延伸。

紅蓮瞇起眼睛，高高舉起右手。

從他手中跳出了白色火焰龍。與捲起漩渦的鬥氣同時被放出來的龍，很久沒被解放了，開心得全身顫抖，兇暴發狂。

結界內的昌浩，在半空中畫起了六芒星，擊掌拍手。

「嗡阿比拉嗚坎夏拉庫坦！」

從枯萎的櫻花樹內側，逐漸滲出樹液般的黑色東西，沿著樹幹滴到地面，積成一大片的黑色水窪。從水窪爬出人類模樣的東西，四肢像枯樹。

臉跟浮在碎片上的臉一樣的變形怪，扭動著身體逼向昌浩。

從櫻花樹出現了多不勝數的大群變形怪。仔細一看，是黏在櫻花樹根上的碎片膨脹起來變成的。

一陣寒顫掠過背脊。

但昌浩沒有撇開視線。害怕就會被吞噬。心志動搖就是自取滅亡。

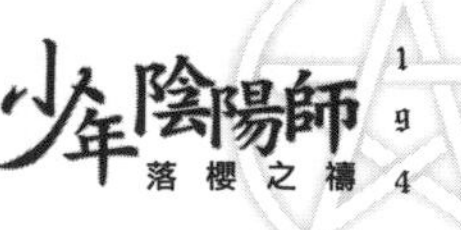

「嗡奇利庫、修吉利比奇利塔那達薩魯巴、夏托洛那夏亞沙坦巴亞、罕罕罕索瓦卡。」

結起大威德明王印。

「南無馬庫桑曼達、吧沙拉旦、塔拉塔阿摩嘎、顯達馬卡洛夏達索瓦塔亞溫、塔拉亞瑪塔拉亞瑪溫塔拉塔坎、曼。」

先結不動明王印，再結七縛印。

「南無瑪庫桑曼答、吧沙拉旦、顯達馬卡洛夏達索瓦塔亞溫、塔拉塔坎漫。」

變形怪們包圍了昌浩。

「嗡奇利奇利、嗡奇利奇利。」

兇猛的嘶吼聲轉為刺耳的叫聲，最後變成淒厲的慘叫聲。

「南無瑪庫桑曼答吧沙拉旦、顯達馬卡洛夏塔亞索哈塔拉亞、溫塔拉塔坎漫。」

變形怪接二連三從櫻花樹的樹根爬出來，把枯木般的手伸向昌浩。硬硬的東西碰到昌浩的臉，他覺得有點刺痛、有點黏稠，同時響起繚繞迴盪的嘻嘻嗤笑聲。

「南無馬庫沙啦巴塔塔、牙帝亞庫沙拉巴波凱別庫、沙拉巴塔塔啦塔、顯達馬卡洛夏達肯迦基迦基、沙啦巴畢基南、溫塔拉塔坎曼。」

耳邊響起慘叫般的哄笑聲，剝奪精氣的冰冷觸感襲向全身。

「嗡奇利溫、伽咯溫。」

緊閉的眼皮底下，瞬間閃過鮮紅血海般的光景。

「南無瑪庫桑曼答、顯達馬卡洛夏達亞、索瓦塔亞溫、塔拉塔坎漫！」

拍手聲震響。

嘻嘻笑個不停的嗤笑聲戛然而止。

在四周捲起漩渦的恐怖感覺，唰地瓦解崩潰消失。

昌浩閉著眼睛，結起不動明王的槍印，莊嚴地吶喊：

「嗡阿賈拉達、顯達沙瓦塔亞、溫……！」

現場一片靜寂。

只數著自己的呼吸的昌浩，聽見有東西噗嘰彈開的聲音，悄然張開眼睛。

滿月的月光照耀著。

感覺強烈疲憊感頓時湧向全身的昌浩，緩緩移動視線，看到洶湧的波動纏繞著原本已經蒙上死亡陰影的巨樹。

結滿每根樹枝的花蕾，噗嘰噗嘰彈開綻放。

沒多久，巨木就在倒抽一口氣的昌浩眼前，被同時綻放的無數櫻花掩沒了。

「……！」

昌浩說不出話來。

宛如要找回失去的時光般，瞬間綻放的櫻花抖動著，在月光中紛紛飄落。

沒有風，粉紅色花瓣卻一片又一片脫離樹枝，凋落逝去。

飄舞的花瓣反射月光，看起來就像灑落的銀白色水滴。

茫然看著巨木的昌浩，察覺有人站在他背後，卻沒辦法回頭看。

他被甦醒的樹木的生命力震懾了。原本停滯的氣的循環，變得波濤洶湧，滑過地面、隨風擴散，那模樣令人驚心動魄。

據說花會召來春天。被召來的春天氣勢磅礴，昌浩被震得東搖西晃。

有人從背後撐住了他。

「……」

他正要叫紅蓮，就發現白色異形盤蜷在他身旁。

瞪大眼睛的他，慌忙轉頭看。

站在那裡的人微微笑著，是他念念在心的人。

「爺爺……」

他只喃喃叫喚一聲，就說不出話來了。

爺爺的模樣不是老人。是使用離魂術，讓魂魄脫離宿體，以二十歲左右、力量最強時的模樣出現。

昌浩很久沒看到年輕模樣的晴明了。他好懷念祖父那張臉，目不轉睛地凝視著。

看著看著，猛然想起一件事。

他想起離魂術會嚴重消耗靈力。

「爺……爺爺，你在做什麼！」

「我想來解決這件事，沒想到……」年輕晴明環視櫻花樹和樹的周遭，瞇起眼睛說：「被你搶先了一步。」

晴明忍不住笑了起來。

昌浩把嘴巴撇成ㄟ字形，沉默不語。雖說被他搶先了一步，晴明還是比他先發現了這棵樹的問題。他只是來這裡看看，正好撞見了這棵櫻花樹，晴明絕對不是這樣。

安倍晴明畢竟是安倍晴明。

年輕模樣的晴明，像望著耀眼奪目的東西般，望著盛開的櫻花。

昌浩凝視晴明的眼神，也像凝視著耀眼奪目的東西。

在昌浩眼中一直很龐大的祖父，擁有強大的力量，法術精湛、什麼都懂、什麼都知道。

昌浩向來以他的背影為目標，發誓總有一天要超越他。以前，那個背影看起來很龐大，感覺非常壯碩。

現在，站在他旁邊的晴明，卻比他瘦小了一些。

他追逐至今的肩膀，不知為何，居然跟他並排在一起了。

這種感覺很奇怪，更令他心痛。

飄落的花瓣實在太美了。仰望櫻花的年輕身影，看起來虛無縹緲，昌浩不禁覺得心痛。

「爺爺……」

「嗯？」

聽見昌浩戰戰兢兢的叫喚聲，晴明轉向了他。看到他一臉無助的樣子，微微瞪大眼睛，苦笑起來。

晴明把手伸向比自己高的昌浩的額頭，像以前那樣，在昌浩的額頭上輕輕彈了一下。

「好痛！」

「有破綻。」晴明笑著說。

昌浩按著額頭，露出一張苦瓜臉。

和藹地瞇起眼睛的晴明，又抬頭仰望櫻花。

「死者的遺恨會使氣枯竭。」

平靜的話語，讓昌浩豎起耳朵傾聽。晴明淡淡接著說：

「氣枯竭的櫻花樹大多會枯萎，但有的會結花蕾，還有極少數會綻放不乾淨的花朵。」

風呼嘯而過，吹落了更多的粉紅色花朵。

「不乾淨的花，會招來死亡。因為氣不循環，就換成死亡開始循環。」
昌浩想起黏在巨木樹根上的黑影。
「讓柊樹枯萎的也是……」
「柊樹是被不乾淨的櫻花樹吞噬了，這種櫻花樹會使樹木枯萎，招來死亡。」
又吹起更強勁的風，花瓣在月光中漫天飛舞。
「這種帶來屍體的櫻花樹，稱為尸櫻。」
晴明望著紛紛飄落的花瓣，眨了眨眼睛。
「對了，昌浩。」
「什麼事？」
晴明轉向昌浩，細瞇著眼睛說：
「是你用法術在紙上多寫了飛雪兩個字，把外褂變成了花飛雪吧？」
昌浩眨眨眼睛，沾沾自喜地笑了。
這場比賽雖然沒贏，但也沒輸。
他從中領悟到，自己要超越祖父還早得很，這是一條漫長的路，但也開始覺得說不定可以迎頭趕上。
這時候，晴明對滿臉得意的昌浩說：

「換做是我，不會把外褂留下來，會把外褂也變成花飛雪，你還太嫩啦。」

「……你非這麼說不可嗎……！」

把昌浩好不容易建立起來的自信毫不留情地摧毀的祖父，斜睨著被擊垮而低聲咒罵的昌浩，暗暗偷笑。

難道就不能稍微、稍微就好，稱讚我一下、肯定我一下嗎？你這個老狐狸！

昌浩氣得握緊拳頭、肩膀發抖。小怪用憐憫的眼神看著他，聳聳肩，嘆了一口氣。

透過眼角餘光看到小怪那樣的反應，正要吊起眉毛破口大罵的昌浩，耳中忽然響起祥和的聲音。

「好美啊……」

他驚訝地轉向祖父。

甦醒的櫻花實在太美了，祖父凝視著櫻花的身影，鮮明地烙印在他心中。

他也跟祖父一樣，凝視著櫻花。

希望下一個春天、再下一個春天、再下下一個春天，直到永遠永遠，都可以這樣跟祖父一起欣賞櫻花。

在月光下，昌浩與晴明並肩看著飄舞的花瓣，這麼暗自祈禱著。

他想他這輩子都不會忘記這一天。

◇　◇　◇

陰陽寮大團結的精采比賽，已經過了一個月。

忙著舉辦種種活動的皇宮，隨著垂死的樹木又恢復了活力，也越來越平靜祥和了。

處處枯萎的柊樹、椿樹、山茶花樹、榎樹，已經枯死的就重新種植新苗，還有救的就唸咒文保住。

氣的枯竭逐漸散去，京城慢慢回到了原狀。

在這樣的轉變中，安倍晴明還是一樣收到來自貴族們的委託案。

「嗯嗯。」

安倍成親面有難色地沉吟著。

舉辦那場大賽，是為了展現陰陽寮的實力，以減輕祖父的負擔，現況卻絲毫沒有改變，這是個嚴重的問題。

皇上的龍體依然欠安，敦康親王最近又感冒躺在床上。

若是以前，二話不說就召晴明入宮了。但這次敦康親王生病，被召進宮的是陰陽助。

可見陰陽寮陰陽師的實力，應該是慢慢獲得了認可，但祖父的負擔卻沒有減輕的跡象。

與成親促膝而坐的吉昌、吉平，臉色沉重，不發一語。

他們正在想有沒有什麼好辦法。

這時候，昌浩拿著花朵盛開的櫻花樹枝走過去。

好奇的吉昌叫住了他。

「昌浩，你拿那個做什麼？」

「這個嗎？」

櫻花樹比其他樹難照顧，隨便掉根樹枝，就可能從那個地方開始枯萎。櫻花樹的木魂神又特別彆扭，所以敢亂來的不肖之徒，會遭遇可怕的作祟。

身為陰陽師，不可能不知道木魂神會作祟。

「木花開耶姬降臨，說要獎勵我上次做的事，給了我一根樹枝。」

那是種在中務省與陰陽寮前面的櫻花樹的樹枝。昌浩經過時，那天降臨的女神出現，揮動手上的樹枝，開著美麗花朵的樹枝就自己掉下來了。

「附近沒有其他人，我就收下了……」

昌浩看著手上的櫻花，笑得很開心。

春天的櫻花，比其他花更能撩動人心，是很不可思議的存在。

「櫻花是非常動人心魄的花呢，為什麼呢？對了，我聽說吉野的櫻花也很壯觀，真

想去看看。」

心情愉快地撫摸著樹枝的昌浩剛說完，成親就啪地拍手說：

「幹得好，弟弟。」

「啊？」

哥哥那句話太唐突了，沒頭沒尾被稱讚的昌浩，疑惑地蹙起了眉頭。

成親轉向父親和伯父說：

「既然這樣，就把爺爺趕出京城吧。」

以櫻花勝地聞名的吉野，有成親的岳父參議為則的山莊。可以讓晴明在那裡靜養，直到貴族們不再對他有所期望。

成親這麼提議，吉平和吉昌都贊成。

「櫻花啊……」

工作結束的鐘聲響起時，他們還在計畫要這麼做、那麼做。昌浩跟他們打聲招呼，先離開了陰陽寮，去竹三条宮。

那場三回合的比賽後，事情有了變化。

出席那場比賽的內親王脩子，要求昌浩每隔幾天就去一趟竹三条宮。

他被賦予的任務是確認樹木有沒有枯萎，提早發覺異狀，在沒造成損害前把事情解決。

當然，脩子對昌浩的期待不只這樣。

其他人都沒有察覺的事，她察覺了。

在皇族與貴族當中，只有她知道變出櫻花飛雪的人，是昌浩而不是成親。

小怪知道這件事後，感嘆地說：「真有遠見。」

天照大御神的分身靈脩子，跟其他皇族不一樣，眼光非常好。隨著她逐漸成長，眼光也會越來越好。

萬一發生什麼事，需要後盾時，她會是很大的助力。因為她是當今第一皇女，沒什麼意外的話，這個地位不會動搖。

昌浩當然沒有想到這些。

脩子是他從十三歲開始不時有往來的公主，所以他只是一心希望可以幫得上她的忙。

竹三条宮也有櫻花，但花比皇宮開得晚。不可思議的是，皇宮裡所有樹木的開花期都比較早。

這是木花開耶姬賞賜的櫻花樹枝，送給女性會比留在自己這個大男人身邊更好。

「公主應該會很開心。」

不可能由昌浩親自獻給她。昌浩雖是陰陽師，但身分太低，只有發生緊急事故時，

才有機會直接見到內親王。

已經熟識的宮殿衛兵，會直接讓他進去。

昌浩跟衛兵打聲招呼，就沿著庭院走向了寢殿。

這樣比正式拜訪，等人帶路快多了，而且遇見侍女藤花的機率更高。

昌浩經常來伺候公主，所以跟藤花交談的機會也增加了。

不過，他們並不會特別約好時間見面，頂多是脩子跟昌浩交談或傳達要求時，藤花也在場，或是她跟風音在一起時不期而遇。

坐在肩上的小怪，甩著尾巴環視周遭。

「今天沒看到那個嘮叨的命婦呢。」

聽它說得那麼開心，昌浩苦笑起來。

以前服侍定子的命婦，總是用懷疑的眼神看著昌浩。

她原本以為，既然是陰陽師，在陰陽寮應該也是個高官。最近知道昌浩只是個剛回到京城的陰陽生，她看昌浩的眼光就越來越嚴厲了。

聽說她還逼問內親王，為什麼不選首席陰陽生或陰陽師等更值得信賴的人，顯然非常在意。

昌浩想起那時候的事，不禁發起呆來。

當時他向命婦挑明了說：「不、不，首席陰陽生是非常優秀的敏次大人，我跟他差遠了。」命婦吊起眉梢，用更嚴厲的語氣說：「你在胡說什麼，藤原敏次大人是以最小年紀通過考試成為陰陽得業生那位吧？你身為陰陽生，居然連這件事都不知道……」

被命婦苛責之前，昌浩真的不知道這件事，覺得很沮喪。

後來他跟敏次提起這件事，敏次表情複雜地駁斥他說：

「我雖是陰陽得業生，但今年秋天才剛考上，沒什麼好驕傲的。」

昌浩在心中吶喊：「不，這是很值得驕傲的事啊。」

他待在播磨期間，敏次也朝自己的目標不斷努力，有了成果。

在超越晴明之前，必須超越的人實在太多了。每每想起這條路有多麼漫長，他就頭暈。

不過，小怪和勾陣都對他說，能明白這些道理，就證明他長大了。

昌浩正在深思這些事時，小怪用尾巴拍了拍他的背。

「？」

小怪動動下巴，用夕陽色的眼眸指給他看。他循著小怪的視線望過去，看到滿臉嚴肅的命婦與低著頭的藤花，站在渡殿前的對屋竹簾後面。

因為距離不遠，所以聽得見她們的對話。

「藤花，妳沒有足夠的自覺。」

命婦用嚴厲的語氣對藤花說話，藤花緊緊抿著嘴，不管命婦怎麼說都沒有反駁的意思。

「妳跟那個陰陽師交情好沒關係，我要說的是，該遵守的分際還是要遵守。」

昌浩屏氣凝神地注視著藤花的臉。她閉著眼睛，嘴唇微微顫抖。

「……」

差點大叫的昌浩，使盡全副精神壓抑下來。這時介入，會難做人的不是他，而是藤花。

「妳是服侍公主的人，絕對不可以迷上陰陽師，或是妳早已將終生託付給他了？」

命婦的語氣更加激動了。「我的意思是要妳遵守分際，因為妳也到適婚年齡了……」

忽然，藤花抬起頭，鎮定地打斷了命婦的話。

「命婦大人。」

「怎麼了？」

在竹簾後面的藤花的表情，瞬間看不見了。

「我不會嫁給任何人，只要公主願意，我會永遠服侍她。」

藤花說得斬釘截鐵，命婦也被她的氣勢震懾，沉默下來。

望著藤花好一會兒的命婦，嘆口氣，把語調放柔和了。

「是嗎？那就好，只要妳有服侍她的覺悟就行了……」

命婦對藤花說那麼嚴厲的話，自然有她的道理。

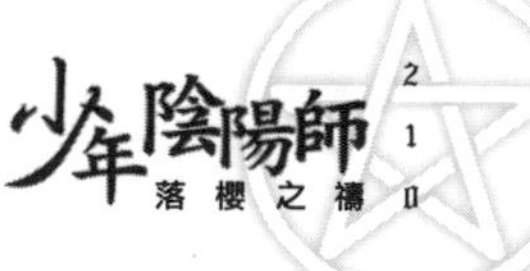

昌浩可以理解。

命婦示意她退下，她向命婦行個禮，從竹簾後面走出來，穿過木門，走到外廊。轉個彎，在命婦看不見的地方停下來，她才滿臉疲憊地嘆了一口氣。

甩甩頭，望向庭院，看到昌浩時，她張大了眼睛。

「……！」

狼狽不堪的她，臉色發白，張嘴想說些什麼，卻不知道從何說起，像個畏怯的孩子縮起了肩膀。

昌浩微微一笑，對她點點頭。

好像在說我都知道，知道妳這麼決定的理由、知道妳想這麼做的理由。

我早已下定決心，會守護妳的所有一切。

從昌浩的眼神感受到這番心意的藤花，用波動起伏的眼眸望著他。

剛才表情還很無助就快哭出來的她，嘴角泛起了虛無的笑容。

昌浩看見命婦走到渡殿，握緊了手中的櫻花樹枝。

命婦發現了昌浩，昌浩對她行禮致意。

「喲，安倍大人，今天來有什麼事呢？」

昌浩舉起樹枝，回應在渡殿問他的命婦。

「我把宮裡開了花的櫻花樹枝帶來給公主。」

藤花怕命婦不高興，走進了竹簾後面。

命婦點點頭說：

「公主應該會很高興，你交給在那裡待命的藤花吧。」

獲得許可的昌浩，從階梯走上外廊，隔著竹簾在藤花前面坐下來。

命婦的視線很刺人。

昌浩盡可能保持鎮靜，把樹枝遞出去。

藤花把竹簾稍微往上掀，伸出了細白的手指。

昌浩小心不要碰到她的手指，把樹枝交給她時，看到粉紅色的花瓣掉落了。

幸好只掉了一片，其他都還完好。

隔著竹簾，昌浩看到拿著櫻花樹枝的藤花笑了。

他輕輕握起了雙拳。

很久以前，他們曾隔著竹簾，把彼此的掌心貼在一起。

當時，被區區一張竹簾阻隔，再也看不到她的臉，昌浩非常傷心。

然而，現在……

幸好有這張竹簾，阻止了他不該伸出去的手。

有個誓言刻印在我心中。
我發誓要保護妳、保護所有妳所愛的人。
而這張竹簾，
可以將我與妳隔開，保護妳。

11

應該已經到達吉野的安倍晴明，就那樣失聯了。

風颼颼吹起。

數千、數萬的花朵，在黑夜中震顫起來，同時開始凋謝。

櫻花綻放。

多到數不清的樹木，全都是櫻花樹。

樹木分明是櫻花樹、花朵分明是櫻花。

飄舞凋落的花瓣，顏色卻不一樣。

大家熟悉的是，如同一小點的紅色落在白底上的淡粉紅色花朵。

然而，周遭一整片的樹木，數不清的樹枝上，滿滿綻放的燦爛花朵，卻都不是熟悉的顏色。

樹幹的形狀、樹皮、樹枝的模樣，都是櫻花樹，只有顏色不對。

在沒有光線的黑暗中，看似微微發亮的花瓣的顏色是淡紫色。

接著，強烈的風勢呼嘯而過，颳起飄舞的花瓣，使樹木顫抖、樹枝搖曳。

「不……！」

有人大叫。

淒厲的攻擊沒有間斷，彷彿在嘲笑那刺耳的叫聲。

啊，有人大叫一聲。有人抓住他的肩膀。有人跑出來擋在前面。

櫻花飛舞。

響起風切聲的白刃，光亮奪目。

升起的深紅火焰，撞上迎面而來的攻擊，產生爆裂。

衝擊力席捲而來。

櫻花飛舞。

「……！」

叫聲、怒吼聲震耳欲聾。大地轟隆一聲震動起來，絢麗綻放的櫻花宛如充滿了怒氣。

斜坡下陷，塵土飛揚。揮舞的刀刃放出鬥氣，劈向粗大的樹幹，巨樹劈里啪啦應聲裂開。

漫天飛舞的花瓣，瘋狂地捲起漩渦，被橫掃而來的衝擊颳走。

響起美妙的清澄聲音，與現場氣氛全然不搭調。

那是小鈴鐺的樂聲。

狂風颯颯，吹起淡紫色的花。

展開的視野前，聳立著分外燦爛奪目的櫻花巨樹。

敵人站在樹的根部。

心臟撲通撲通狂跳。

「——！」

層層交疊的怒吼，被風吞噬，什麼都聽不見了。

心臟又撲通撲通狂跳。

忽然響起說話聲。

「——你將會喪命。」

在飛舞的花瓣前嗤笑的那張臉，令人無法撇開視線。

「你將會喪命，死於所愛的人之手。」

有人在吶喊；所有人都在吶喊。

「而你所愛的人。」

櫻花飛舞。

「也將會喪命，死於你之手——」

昌浩難以置信地看著宣告預言的異形。

它有牛的身體、人的臉。

是件。

預言都會應驗。件的預言都會應驗。被宣告的預言，都絕對會應驗。

昌浩全身顫抖地凝視著某人，連呼吸都忘了。

那人站在飄落的櫻花後面，望著受了重傷全身是血的昌浩，嗤嗤笑著。

劇烈的疼痛，與超越疼痛的驚愕、絕望，重重打擊了昌浩。

心跳加速。

昌浩、紅蓮、勾陣被包圍了。

包圍他們，以露骨的敵意與神氣發動攻擊的是十二神將。

而帶著件的敵人，名叫——

安倍晴明。

後記

這次相隔了一段時間，大家都還好嗎？

在《朝雪之約》與《落櫻之禱》之間，出版了《怪物血族4：迷宮歌姬》（暫譯），在《數位野性時代》寫連載，工作表排得滿滿滿，忙得天翻地覆。

讓大家久等了，這是少年陰陽師第八個篇章「尸櫻篇」的第一集。

首先來看例行排行榜。

第一名安倍昌浩。

第二名十二神將火將騰蛇。

第三名怪物小怪。

之後依序是勾陣、風音、冥官、六合、青龍、太陰、玄武、成親、颯峰、年輕晴明、太裳、彰子、高淤、螢、夕霧、小妖們、比古、行成、天一、岦齋、車之輔、朱雀、嵬、飄舞。

在篇章的最高潮，遙遙領先成為第一名的昌浩，不愧是主角。不過，這樣的昌浩在

情人節收到的巧克力，卻徹底輸給了冥官。話說，爺爺、十二神將、小怪，也全輸給了冥官。太可怕了，他的票數再持續增加，就會擠進前三名了……加油啊，昌浩，加油啊，紅蓮。

新篇章開始後，排名應該又會有變動吧。會怎麼變，就看各位讀者的每一票了。想投票的人，請在來信的某個地方，清楚寫上「投〇〇一票」喔。一個人只能投一票。如果寫投〇〇一票、投□□一票，就是無效票喔，請注意。遺憾的是，無效票還滿多的……。

在同一封信，給少年陰陽師與怪物血族中喜歡的人物各投一票，是有效票。也就是說，在一封信中，一個人可以針對各個作品投一票。

如上一集所做的預告，故事中的時間過了將近三年。

發生「菅生鄉存亡危機」時，動員了所有的神祓眾，是大事一件，昌浩卻只是淡淡回想。可能是因為他去修行，不在現場，是聽人家說的，所以沒什麼危機感吧。被捲入事件中的螢，與當事人紅蓮，哪天會不會出來說明這件事呢？責任編輯激動地說：「哪天一定要讓他們出來說明！」

這次有得票的颯峰也出場了，真的好久不見了。九流雖然只提到名字，人沒出來，

但還是有某種程度的交流。

經過將近三年，出場人物中的昌浩，連個子都長高了。我還擔心插畫該怎麼畫，看過後覺得 ASAGI 櫻實在太厲害了……！真的只能說太厲害了。

正要成長為大人的少年昌浩，竟然變得這麼英姿煥發。而且，昌浩身上披的白衣，就是在《我將顛覆天命》的封面上，晴明穿的那件。

ASAGI 老師畫的插畫，總是能帶給我衝擊，緊扣我心弦。這次的插畫也太棒了，謝謝老師。

大家覺得新篇章的第一集如何呢？請務必寫信告訴我感想喔。

另外，因為是少年陰陽師十週年，所以預定於七月二十六日發行的「Premium The Beans VOL.2」，會製作少年陰陽師特集。如果大家也能買來看看，我會很開心喔（笑）。

那麼，下一本書再見了。

結城光流

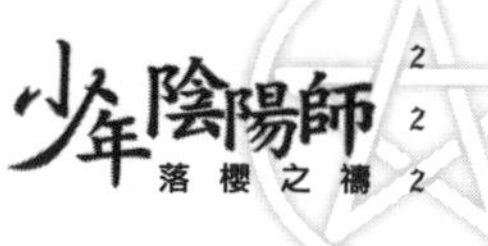

叁拾捌 **蜷曲之滴** こぼれる滴とうずくまれ

2014年
9月揭曉

昌浩的面相出現了失物之相！
他即將失去的，難道是在竹三条宮裡的「她」？

「我不在的期間，所有事情就交給你啦，昌浩。」說完這句話後就去了吉野的晴明，突然無預警地失蹤了。緊接著，宣告不祥預言的妖怪「件」，竟然擄走了昌親的女兒，而獲報趕往現場的昌浩，卻驚覺現場殘留的妖氣竟然酷似晴明身上的靈氣?!……

國家圖書館出版品預行編目資料

少年陰陽師．叁拾柒，落櫻之禱／結城光流著；涂愫芸譯．-- 初版．-- 臺北市：皇冠，2014.7
面；公分．--（皇冠叢書；第 4408 種）（少年陰陽師；37）
譯自：少年陰陽師 37：ひらめく欠片に希え
ISBN 978-957-33-3084-4（平裝）

861.57　　103009699

皇冠叢書第 4408 種

少年陰陽師 37

少年陰陽師——
落櫻之禱

少年陰陽師 37
ひらめく欠片に希え

作　　者—結城光流
譯　　者—涂愫芸
發 行 人—平雲
出版發行—皇冠文化出版有限公司
台北市敦化北路 120 巷 50 號
電話◎ 02-27168888
郵撥帳號◎ 15261516 號
皇冠出版社（香港）有限公司
香港上環文咸東街 50 號寶恒商業中心
23 樓 2301-3 室
電話◎ 2529-1778　傳真◎ 2527-0904
責任主編—盧春旭
責任編輯—張懿祥
美術設計—王瓊瑤
著作完成日期— 2012 年
初版一刷日期— 2014 年 7 月

法律顧問—王惠光律師

讀者服務傳真專線◎ 02-27150507
電腦編號◎ 501037
ISBN ◎ 978-957-33-3084-4
Printed in Taiwan
本書特價◎新台幣 199 元／港幣 67 元

皇冠60週年集點暨抽獎活動專用回函

請將5枚印花剪下後，依序貼在下方的空格內，並填寫您的兌換優先順序，即可免費兌換贈品和參加最高獎金新台幣60萬元的回饋大抽獎。如遇贈品兌換完畢，我們將會依照您的優先順序遞換贈品。

●贈品剩餘數量請參考本活動官網（每週一固定更新）。所有贈品數量有限，送完為止。如贈品兌換完畢，本公司有權更換其他贈品或停止兌換活動（請以本活動官網上的公告為準），但讀者寄回回函仍可參加抽獎活動。

1. ________ 2. ________ 3. ________

●請依您的兌換優先順序填寫所欲兌換贈品的英文字母代號。

1 2 3 4 5

□（**必須打勾始生效**）本人________（**請簽名，必須簽名始生效**）同意皇冠60週年集點暨抽獎活動辦法和注意事項之各項規定，本人並同意皇冠文化集團得使用以下本人之個人資料建立該公司之讀者資料庫，以便寄送新書和活動相關資訊。

我的基本資料

姓名：________

出生：______年______月______日　性別：□男　□女

身分證字號：________（僅限抽獎核對身分使用）

職業：□學生　□軍公教　□工　□商　□服務業

□家管　□自由業　□其他

地址：□□□□□ ________

____

電話：（家）________　（公司）________

手機：________

e-mail：________

□我不願意收到皇冠文化集團的新書、活動edm或電子報。

●您所填寫之個人資料，依個人資料保護法之規定，本公司將對您的個人資料予以保密，並採取必要之安全措施以免資料外洩。本公司將使用您的個人資料建立讀者資料庫，做為寄送新書或活動相關資訊，以及與讀者連繫之用。您對於您的個人資料可隨時查詢、補充、更正，並得要求將您的個人資料刪除或停止使用。

皇冠60週年集點暨抽獎活動注意事項

1. 本活動僅限居住在台灣地區的讀者參加。皇冠文化集團和協力廠商、經銷商之所有員工及其親屬均不得參加本活動，否則如經查證屬實，即取消得獎資格，並應無條件繳回所有獎金和獎品。
2. 每位讀者兌換贈品的數量不限，但抽獎活動每位讀者以得一個獎項為限（以價值最高的獎品為準）。
3. 所有兌換贈品、抽獎獎品均不得要求更換、折兌現金或轉讓得獎資格。所有兌換贈品、抽獎獎品之規格、外觀均以實物為準，本公司保留更換其他贈品或獎品之權利。
4. 兌換贈品和參加抽獎的讀者請務必填寫真實姓名和正確聯絡資料，如填寫不實或資料不正確導致郵寄退件，即視同自動放棄兌換贈品，不再予以補寄；如本公司於得獎名單公佈後10日內無法聯絡上得獎者，即視同自動放棄得獎資格，本公司並得另行抽出得獎者遞補。
5. 60週年紀念大獎（獎金新台幣60萬元）之得獎者，須依法扣繳10%機會中獎所得稅。得獎者須本人親自至本公司領獎，並提供個人身分證明文件和相關購書發票（發票上須註明購買書名），經驗證無誤後方可領取獎金。無購書發票或發票上未註明購買書名者即視同自動放棄得獎資格，不得異議。
6. 抽獎活動之Deseno行李箱將由Deseno公司負責出貨，本公司無須另行徵求得獎者同意，即可將得獎者個人資料提供給Deseno公司寄送獎品。Deseno公司將於得獎名單公布後30個工作天內將獎品寄送至得獎者回函上所填寫之地址。
7. 讀者郵寄專用回函參加本活動須自行負擔郵資，如回函於郵寄過程中毀損或遺失，即喪失兌換贈品和參加抽獎的資格，本公司不會給予任何補償。
8. 兌換贈品均為限量之非賣品，受著作權法保護，嚴禁轉售。
9. 參加本活動之回函如所貼印花不足或填寫資料不全，即視同自動放棄兌換贈品和參加抽獎資格，本公司不會主動通知或退件。
10. 主辦單位保留修改本活動內容和辦法的權力。

寄件人：

地址：□□□□□

請貼郵票

10547 台北市敦化北路120巷50號

皇冠文化出版有限公司　收